FOLIO POLICIER

Jean-Bernard Pouy

Spinoza encule Hegel

Gallimard

*Cet ouvrage a été précédemment publié aux Éditions Baleine
dans la collection « canaille/revolver ».*

© Éditions Baleine, 1996.

Prix Polar 1989, Trophée 813 du meilleur roman 1992, prix Paul-Féval 1996, Jean-Bernard Pouy est un auteur inclassable, inventeur de génie de constructions romanesques rigoureuses, à la fois tendres et féroces, passionnantes et drôles.

À François Crosnier
et Patrick Mosconi

INTRODUCTION
PRÉFACE ET AVERTISSEMENT
À TOUT SPINOZISME

Après tout, comme ce qui suit est mon premier texte (publié), il mérite quelques éclaircissements, et il me semble qu'il est agréable de tailler un costard tardif aux fées qui se sont gentiment penchées sur son improbable berceau. C'est à partir de ses velléités d'existence et de son inexplicable pérennité que je me suis permis d'écrire, tard, à plus de trente ans, et je lui dois bien d'éclairer sa genèse, d'autant plus que je n'avais aucune envie ni d'écrire, ni d'entrer dans les mondes, ma foi extrêmement hégéliens, de la littérature, fût-elle de gare, et de l'édition, fût-elle de poche.

J'étais alors dans l'Éduc Nat, dans ce bon lycée d'Ivry (d'où sortirent, peu après, et entre autres, Tonino Benacquista et Maurice Dantec) et j'y sévissais en tant qu'animateur culturel. Et chaque année, dans la sombre cabine de projection, devenue, peu à peu, lieu de rendez-vous pour les âmes à moitié perdues du bahut, ça ne loupait pas, ces chères têtes brunes et frisées me demandaient de leur raconter Mai 68, la Geste barricadière et molotoviste. Et comme la relation exacte (donc assez pauvre) des faits et événements historiques me gonflait passablement, dans sa répétition assommante, je me suis permis, peu à peu, de corser le motif, d'infléchir le syntagme et d'enjoliver puissamment le paradigme, aidé en cela par l'imagination de quelques élèves dont le François Crosnier à qui est dédié ce livre (et qui s'y dédouble en Crocs et Niais). Au bout de quelques années, le mois de Mai et ses mythes récurrents étaient devenus un terrain de jeu assez similaire à celui où devait évoluer Mad Max, au même instant concocté dans le bush australien. Le film est sorti avant que ce texte ne soit publié, ce qui a motivé quelques commentaires acerbes de la part de mon directeur de collection (il aurait fallu, d'après lui, que je sodomisasse tout être m'accusant de plagiat).

Bref, j'ai simplement consigné par écrit un conte oral qui fonctionnait à merveille auprès des jeunes élèves, préférant, bien sûr, les aventures spinozistes à celle de Cohn-Bendit. Et puis, hop, dans un tiroir. Quelques amis le lisent, après, pour rigoler. Et ils rigolent. Sans plus. L'un le porte au pinacle (Daniel Pennac, et oui, excusez du peu). Un autre me pousse même à l'envoyer à une maison d'édition (Le Seuil), dont un lecteur me répond que le genre de la maison serait plutôt qu'Hegel enculât Spinoza. On se marre. Et puis, je ne sais plus trop par quel genre de connexion, Patrick Mosconi, créateur de Sanguine (et du néo-polar), apache métropolitain, tombe dessus et me dit : j'adore. Stupéfaction. Double, car nous devenons vite amis. Mais ce texte n'est pas un néo-polar, il est trop court et reste hors collection. Il me demande de le laisser faire. Je m'en fous un peu, il n'y a pas de furieux désir de publication. Au même moment je fais la connaissance, à Nice, de Patrick Raynal. Stupéfaction réciproque car nous devenons amis (depuis, c'est le meilleur). Et lui a déjà publié dans Sanguine (*Un tueur dans les arbres*) et en prépare un autre. Tout ça dans les années 80. Deux ans plus tard, Mosconi est plus ou moins remercié par Albin Michel (à moindres frais, car je ne pense pas que ses emoluments étaient en rapport avec le travail accompli, travail énorme ; il avait trouvé Villard, Jonquet, Delteil, Raynal et autres), et décide de terminer en beauté par un numéro 16 valant le détour.

Était prévue *La clef de seize* de Raynal, à qui il demande la permission d'ajouter, en paquet-cadeau, sans prévenir personne, *Spinoza encule Hegel*. Raynal accepte. Moi, fou de joie. Et c'est pendant un Festival de Reims un peu familial qu'on concocte le truc et notamment un lien entre les deux textes (Raynal change gentiment le nom d'un de ses personnages et lui chausse des bottes de lézard mauve). Et hardi petit. On appelle ça « Very Nice ». Le bouquin imprimé, Mosconi nous concerne à tel point qu'on fait un envoi de presse du genre définitif, revanchard et grossier (tout le monde y est passé et de longues inimitiés apparurent dès ce moment-là. Je me souviens d'une dédicace à Geneviève Dorbermann, j'avais marqué : je ne sais pas quoi vous mettre, et Raynal avait rajouté : moi oui...). Résultat des courses : pas de critiques — sauf un Lebedel assassin et un Joe Staline (sic) admiratif —, Albin Michel solde toute la collection qui part illico en Belgique, beaucoup plus tard Gallimard indique, dans ma production : « Spinoza... », et des chercheurs me contactent pour avoir des détails sur mon travail philosophique...

Dix ans après, je me rends compte qu'il ne pouvait pas y avoir de meilleure introduction (si j'ose dire) que ce texte-là, pour tout ce qui viendrait après. J'y avais gagné, d'un coup, une saine appréciation du monde de l'édition et une attitude face à la littérature. J'y avais trouvé un plaisir, jamais démenti depuis. J'avais dégotté un ami très cher, qui depuis, certains ne le savent que trop, est devenu directeur de la Série Noire (ce qu'on pourrait appeler un destin spinoziste). J'ai perdu le contact avec Mosconi, qui a choisi de faire partie d'une autre tribu que la mienne, mais je lui vouerai à jamais une féroce admiration doublée d'une gratitude infinie.

Et dix ans après, un autre jeune éditeur, doublé d'un écrivain (et c'est devenu un ami), me demande de refaire le coup. Plus précisément de permettre à Spinoza de refaire le même coup à Hegel. J'y vois un signe. Celui d'une seconde vie. Et je l'en remercie publiquement.

Entre-temps, avec Tonino Benacquista, nous avons concocté une adaptation cinématographique, beaucoup plus proche d'un devenir coloré des idées du Grand Barbu, qui a dû avoir eu comme effet de nous griller définitivement auprès des décideurs d'images. Mais le scénario existe. Avis aux amateurs de cinéma underground.

Ce qui suit est le texte original. J'ai pensé un moment le remanier, le retravailler, car il était annonciateur, à peu de frais, de beaucoup d'événements. Mais cela aurait été une faute morale. Donc, à part trois ou quatre mots que je ne peux plus voir en peinture, il est le même qu'en 1979.

JEAN-BERNARD POUY

PROLÉGOMÈNES
À TOUTE CRASHITUDE

FICTION SPINOZISTE Nº 1

Le cadavre est au bord de la route, une de ses mains est prise dans le bitume gluant. Le vent puant, venant d'une décharge proche, agite faiblement ses cheveux blancs, dont certains restent eux aussi collés au goudron. C'est l'été, le deuxième après le grand merdier. Je retourne le mort du bout de ma botte de lézard mauve. C'est bien ce que j'attends, un Néo-Punk. Sa poitrine est lacérée, tranchée à vif, le cœur expulsé, la veste de daim vert imbibée de sang comme une éponge, le corps nu de la taille aux pieds. Intactes, ses jambes blondes paraissent de porcelaine.

Pensif, je regarde la plaine vide et la route droite. C'est la cinquième fois que j'en retrouve un cette semaine, pareillement mort et trafiqué. À ce train-là, la bande des Néo-Punks va friser le zéro absolu. Je me penche et embrasse le jeune mort sur les lèvres, mais ce n'est décidément qu'un cadavre. Je me vois me redresser dans ses lunettes noires. Je marche sombrement sur le bord de la route en écartant lentement du pied des vieilles boîtes de plastoc qui traînent. Mes mecs, derrière, ne bougent pas, les motos sont silencieuses, seules les selles grincent, le camion est au point mort, quelques raclements.

Tout ça comme dans un film. Je me voyais, d'où l'usage de l'imparfait. Sur la route, moi, seul, plus loin, les trois motos, le Magirus Deutz 25 tonnes, autour, déserte et dégueulasse, la décharge de Miramas.

— Les Hégéliens, y'en a vraiment marre ! Ça va chier pour leurs poires !

Momo a parlé. Il chevauche largement sa moto Guzzi et se dandine névrotos avec un bonnet en laine de couleurs criardes et ses deux P .38 à la ceinture. Ses cheveux suivent le mouvement et frottent la toile de son imper beige. Je me retourne pour lui signaler d'un regard que je pense comme lui. Cela le rassurera, lui et les autres.

Dix jours qu'on avait perdu le contact avec

Hegel, et ces salopards en profitaient pour se faire la main sur les punkies. Proie facile. Ces similis étaient toujours en retard sur tout le monde, à plus forte raison sur un flingue. On les avait rencontrés, ou du moins le reste de leur troupe, des zombies speedés à mort, et on n'avait laissé fuser que des ricanements. Maintenant, il y en avait cinq de moins.

— Par Baruch, il va falloir les rattraper, ces cryptos, s'ils atteignent Marseille, on aura du mal à les coincer...

Silence. J'avais parlé. Ma foi, ils attendaient la suite.

— D'ailleurs, à Marseille, il y a Carlo Ponti. Ces gommeux seraient trop contents de les aider à nous tirer dessus...

Carlo Ponti, une longue histoire, le Niais avait scissionné des Spinozistes et avait rejoint ce groupe, formé en l'honneur d'un vieux con de Rital plein aux as. Depuis, ces débiles roulaient en Rolls, le luxe et tout. Dangereux comme il était, le Niais devait faire un sacré racket, sur la Côte...

— Bon alors, qu'est-ce qu'on fait ? hasarde Momo.

Je laisse le silence passer comme une seringue.

— On retourne au camp, on plie bagage, et

demain, on y va, on crève ou on les crève tous. Point final, Spinoza soit avec nous !

Momo kicke ferme, les autres l'imitent. Je prends le volant du camion. Riton passe dans la benne. Les onze membres de La Fraction Armée Spinoziste vont entrer dans la légende des Crash. L'émotion fit quitter de mon visage son côté statiquo-terrifiant. Une certaine sueur d'angoisse crépita furieusement dans mon entrejambe, ce qui me démangea.

Voilà.

Le suprématiste vent de liberté qui nous arrose la tête n'est pas le fruit d'une longue lutte, comme le diraient les (Trots)Kystes, mais le résultat logique et mordoré d'une accumulation primitive de faits, de petits faits, de petits événements paradoxaux, eux-mêmes produits par un grand merdier.

Deux ans déjà.

Comment dire ? Que Spinoza me vienne en aide !

La route est droite et le camion, à présent à grande vitesse, vibre. Je conduis d'une main, la direction est sûre, la vitre ouverte m'asperge le visage de vent tiède et de vrombissements de moteur. Devant, Momo zigzague sur sa moto et doit, comme à l'accoutumée, hurler ses mélopées tordues en plein vent. On a toujours l'impression qu'il crie de douleur, alors qu'il profère, en toute impunité, des morceaux de beauté pure.

Moi, Julius Puech, qui suis-je à présent ?

Eh bien, je suis la tête pensante et le nerf de guerre de la FAS. Je règne, dérisoire et dangereux, sur dix individus de sexe mâle, pareillement haineux et suicidaires. Animés par la grande intelligence de ceux qui roulent au bord du ravin gris de la mort éventuelle, nous philosophons avec la gloire éphémère, en accord avec le monde qui nous entoure.

Là, dans le Magirus, comme la route est droite, silencieux dans ma tête, je vais essayer de me souvenir. Ces Hégéleux de merde, ils souffriront encore plus si j'essaie de me rappeler pourquoi nous leur cavalons après, sur cette poussière, sur ce goudron mou qui longe les champs d'épandage.

Autour de nous, flotte l'odeur de la pénicilline et du staphylocoque en rut.

CACA + SUICIDE

ICONOGRAPHIE SPINOZISTE N° 1

Moi, Julius, il y a une éternité, deux ans et demi, ai vu, comme la population française citadine en général, ma vie changer en quelques heures, un 6 novembre. Historiquement, maintenant, cela me paraît léger de parler de toutes ces conneries. Que dire ? Le ciel rose ? Les égouts brûlants ? Les morts partout ? Le pillage ? L'exode ?

Je me suis retrouvé, libre et énervé, dans un bordel général où l'angoisse des paranoïaques rivalisait avec l'énergie militante des humanistes de tout poil, du genre populiste forcené s'essayant à remettre le social en route. Ma femme et mes potes immédiats avaient disparu. J'ai participé au pillage en portant, prévoyant le mec, toute mon attention sur les armureries. Puis je me suis barré, et j'ai rôdé, chien perdu sans vaccin, autour d'un grand réverbère éteint.

Et, petit à petit, face à la restructuration des milices locales, face à la bêtise crasse des survivants qui dévalisaient tout, mais dans l'ordre, face au réveil du poujadisme organisationnel, je me suis mis à travailler : d'abord aux brûleurs d'Ivry, les cadavres engluaient les machines, la colle d'os, vous comprenez... Je fus viré sans ménagement par mes collègues pour avoir écrit « À bas le travail » sur un camion-benne à ordures, à cadavres plutôt. Je suis alors reparti, me suis planqué trois mois dans une pharmacie de Pontoise, et j'ai vécu, là, cent jours de speed tout à fait réjouissants. Bourré de Captagon, j'ai subi neuroniquement cette période. J'ai même tenté de me suicider. Après avoir fait le Kerouac du pauvre, je me suis réintégré. J'ai habité dans la station de métro Rue-des-Boulets. La rue des Esclaves.

Ce qui m'a le plus effaré, c'est que j'espérais inconsciemment que tout cela tournerait mal, avec des scènes du genre tuerie générale, cannibalisme, zoophilie, inceste généralisé et pyromanie galopante. Non, c'était gris, morne, banal. Le Salariat revenait à grands pas. L'homme était une poule pour l'homme. Je me suis alors remis au travail. À la Radio. J'ai réécrit les informations diverses et les papiers que l'on me donnait. Après, c'était diffusé et déclamé, avec une voix qui en disait long, par un ancien spécialiste du doublage des films d'horreur. Souvent, ces infos, ces flashes, ces conseils-ordres étaient écrits par des miliciens et des petits militaires, aussi cela avait besoin d'un sérieux coup de patine. J'ai donc travaillé dans l'adverbe conséquent et l'adjectif terrifiant. À chacun son boulot. Il n'y a pas de sots métiers, il n'y a que des sautes d'humeur. Proverbe.

Tout cela n'était qu'épiphénomène.

J'attendais que ça recogne.

BLACK CROW BLUES

FICTION SPINOZISTE Nº 2

Momo ralentit brusquement. J'arrête le camion. Nous arrivons à un carrefour partiellement caché par de larges maisons provençales aux murs aveugles. Le mistral fétide nous souffle dans le dos. Momo met la béquille, descend de sa Guzzi, se dégourdit les jambes, pantin désarticulé, guignol inquiétant, sort son P.38 et avance à pas de loup jusqu'au croisement. Des corneilles passent en croassant, code énervant. Il faut se méfier de tout.

Les Hégéliens sont des traîtres. Mais Momo revient. Rien à signaler à l'horizon de nos fausses inquiétudes. Nous poursuivons notre route. Le soir tombe. L'angoisse de la nuit va de nouveau nous assaillir. Le maléfice dominant s'accompagne de la chute de la lumière.

Nous sommes des hommes perdus.

HYPER-CLAUSEWITZ, DIS-JE

ICONOGRAPHIE SPINOZISTE Nº 2

En fait, à la Radio, ce boulot, je ne l'ai pas gardé longtemps car le semblant de réorganisation sociale n'a pas duré. Je m'étais trompé sur toute la ligne, et je me suis juré que cela serait la dernière erreur que je commettrais. Maintenant je fais de la stratégie, je m'en donne les moyens.

Donc, très vite, une sorte de foutoir général s'est installé et a fait figure de nouveau style de vie. J'ai quitté la Radio pour fonder mon groupe. Cela n'a pas été simple. Avant, j'étais un personnage désuet, confortable et couleur de muraille pseudo-révolutionnaire. Il y avait trop d'écueils devant moi pour vivre ma vie rêvée. Maintenant, j'ai une grande écharpe de soie blanche autour de mon cou de vautour et un Smith & Wesson à la ceinture. Avant, je vivais le plus près possible de la femme que j'avais décidé d'aimer par l'esprit. Maintenant, des hommes et des ados fiévreux me recherchent pour ma douceur. C'est comme ça. Ce n'était pas inscrit dans les lignes de ma main. Dans ma paume, à présent, il y a des odeurs d'essence. Mes doigts fins, chargés de bagues signifiantes, sentent le pétrole. J'ai beau me les laver, c'est une odeur qui colle à la peau. Une fragrance qui s'accroche. Ça m'énerve, les autres le sentent et se méfient un peu : mes mecs me portent un respect un peu las, mais le réflexe de survie joue encore. J'ai toujours su les tirer de situations relativement difficiles.

Pendant une semaine, nous avons cherché de l'essence, denrée rare et vitale. Pour en obtenir, il faut soit braquer, soit troquer si le possesseur est plus fort que vous. Ce coup-ci, c'était à Montélimar. Nous avions entendu parler d'une énorme réserve de carburant possédée par la Ligue de Protection et de Sauvegarde (sic) de la ville : deux cents hommes armés, des mauvais, des militaristes style Résistance Maquis, l'avenir dans la clandestinité. Pas question d'attaquer ces minables de front, trop de puissance de feu. Agresser quelqu'un qui protège son pavillon et son faux puits, son potager Rustica et ses troènes en plastique, c'est aller au-devant des emmerdes.

On avait donc campé à vingt kilomètres au nord de la ville, près du Rhône, et de là, on espionnait. J'avais envoyé Crocs, mon amant, aux renseignements. Mêlé au reste de la population, Crocs avait appris qu'il leur manquait des camions pour assurer le ravitaillement de la ville, le déménagement des ordures, le transport des raticides, etc. Des camions... À Valence, des anciens de la CFDT, continuant leur racket syndical, stockaient, non pas de la force de travail, mais des véhicules utilitaires, en vue d'échanges possibles. Sans doute pour assurer le transit de la paperasse, avait susurré Momo.

Peu nombreux, les syndicalistes. On les a braqués, un soir, au F.M. Riton tirait sur tout ce qui bougeait. De nuit. Ils ont riposté, le syndicat armé, le retour aux sources. On a eu trois camions. Ils ont dégommé Crocs, tué d'une balle au visage. Hasard, malchance, merveilleuse loterie. Le ciel était rose, buée de sang.

J'ai eu tort de lui enlever son chapeau noir après qu'il fut tombé. J'ai vu l'intérieur de son crâne, alors que j'aimais bien sa belle tête d'ange maléfique. Cette vision me restera gravée dans le fond de l'œil. J'en ai encore le bout de la main droite qui tremble. J'ai fonctionné au Séresta une semaine, pour me calmer. Trois camions égalèrent deux mille litres d'essence. Cela va nous durer un bon bout de temps, le temps d'annihiler les Jeunes Hégéliens. Pourtant un Hegel ne vaut pas un quart de litre de super.

ANASTASIA SCREAMED IN VAIN

FICTION SPINOZISTE Nº 3

Ce soir, nous roulons vers Salon, dans l'air tiédasse, vers notre campement provisoire installé dans une casse de voitures. Là, protégés par les entrelacs de ferraille, les carcasses démentes et imbriquées, nous sommes tranquilles : ce labyrinthe de fer engloutirait nos attaquants éventuels. Nous pouvons dormir et nous reposer sans crainte de nous réveiller cernés par nos adversaires. Ceux-ci, on les connaît bien : les Jeunes Hégéliens, une bande putrescente d'intellos venant de la Haute pourrie, sentencieuse, sémiotico-mao. Cela fait quatre mois que le défi a été lancé, quatre mois que l'on se course respectivement, quatre mois, c'est beaucoup, cinq potes sont déjà morts dans la poursuite infernale, six avec Crocs. Nous en avons une douzaine à notre actif, moi, personnellement trois. Comptes d'apothicaire réjouissants. Mais ces salopards syntagmeux dérogent à la règle et se mettent à faire un carton sur les Néo-Punks, et à les découper en morceaux. Ils n'en ont pas le droit. Il faut attendre que le défi jeté entre la FAS et les Hégéliens se termine par l'élimination physique de l'un des deux groupes pour que le survivant se coltine avec un autre. Ou alors ils ont lancé un défi parallèle aux Punks. Mais ceci est également interdit par l'A.G. de Pantin, afin de ne pas favoriser le jeu des alliances. L'attitude politique de choisir le moindre mal comme allié objectif est interdite : c'est une saloperie éthique. Les groupes Crash le savent. Celui qui décide de rompre la Règle s'offre à la vindicte et à la mort infamante réservée aux traîtres et aux regroupements fascistes : la mort sans mobile artistique. Nous allons annoncer que les Hégéliens sont des traîtres à la Règle. La vie va devenir intenable pour eux. Mais il va falloir le prouver et, bientôt, aucun ponque ne pourra témoigner, ces cons-là se laissent avoir, tant pis.

Je suis épuisé. Ce soir, à Salon, je reposerai mon corps fatigué et nerveux dans un vieux véhicule déglingué. Et, auprès de moi, j'appellerai François, un compagnon de première heure, le plus jeune, un être élégant, sombre et fin. Il me fera la lecture et l'analyse d'un texte de Wittgenstein. Je boirai lentement du Serre de Bernon 1968. Plus tard, on se tirera une ligne de coke et on s'étreindra dans le soir d'été, en regardant pensivement le mauve du crépuscule, passant à travers les vitres explosées du vieux Saviem, se refléter, très faiblement, sur les crosses de nacre de nos flingues respectifs. Je l'embrasserai sur la bouche, en essayant de me souvenir du baiser des jeunes filles, et après...

Nous arrivons à Salon.

Nous ne sommes plus que onze, car, pour être Spinoziste, il faut avoir lu, à tout prix, *La Mort de Virgile* d'H. Broch, *La Connaissance de la douleur* de Gadda, *Au-dessus du volcan* de M. Lowry, *The Little Sister* de R. Chandler et Spinoza. Pourquoi Spinoza ? J'avais décidé

de bien aimer son côté polisseur de lunettes.
C'est tout con.

RADIO CINQUIÈME
INTERNATIONALE

COMMUNIQUÉ

*Allô ! Allô ! Groupes de l'Idole Machine !
La RCI vous emmène dans le voyage amer de
l'Inconscient Collectif ! Black Pannekoek, le
groupe chouchou de la semaine dernière a été
dissous définitivement par le groupe des Enragés Définitifs, dans un grand scintillement de
strass meurtrier. Gloire aux vaincus qui ont su
vivre pleinement selon la loi de l'Ektamythe !
Anastasia crie en vain ! J'espère que vous devinez mon nom ! Heureux de vous rencontrer !*

En avant ! Groupes de l'Idole Machine !

Sympathy for the devil !

ONLY THE DEATH
DETERMINES...

FICTION SPINOZISTE Nᵒ 4

Je me suis réveillé vers cinq heures du matin. Il faisait encore frais et la rosée, irradiée
peut-être, luisait sur les tôles alentour. Je suis
sorti du camion. L'air vif me donna la chair
de poule, je m'assis sur une carcasse, nu et
froid, et j'étais, moi, ma peau, mon torse, mon
sexe reposé, mes jambes blanches, mes cheveux teints, en face du monde malade. Et je
fumai une cigarette, la fumée s'éparpillant
doucement le long des métaux rouillés. Je
pensai que tout autour de moi était las, fatigué de vivre ces jours sans lendemain, atten-
dant les maladies qui rongent, les malédic-
tions intérieures, la déchéance quotidienne.
Mais, dans ce matin clair, il y avait une qua-
lité de vie tout à fait énervante. Aussi, quand
j'ai écrasé ma cigarette sur l'acier, j'ai remar-
qué que mon sexe grandissait de plaisir. Je
suis allé m'habiller. Puis je suis allé me promener sur les bords de la décharge. La route

était déserte, le garage, plus loin, était abandonné. Je décidai d'attendre un peu ; regardant, vide, le paysage qui l'était aussi. Le soleil s'est levé, lentement, rosifiant la campagne. Je ne trouvai pas cela beau et émouvant. Cet astre de merde réchauffait tout, alors que le monde ressemblait à une énorme clinique. Le petit matin glacial était plus approprié et évoquait nettement mieux tout ce côté carreau de faïence surgelée qu'était devenue la vie. Cet été était un faux été, empli de morts sourdes, de maladies incurables, de haine et de suspicion.

Moi, j'étais bien, mon maigre pouvoir me suffisait, mon parti pris esthétique me conduisait tout droit vers une mort définitive mais acceptée en tant que telle. Dieu mourrait effectivement avec moi.

Je revins à l'intérieur du labyrinthe. Les autres se réveillaient, gueules enfiévrées et hagardes. On fit une énorme soupière de café noir. Chacun se servit en silence, chacun fuma. On prit des amphés.

Ça allait mieux.

Momo, allongé par terre, chanta un blues râpeux qui parlait de femme et d'hôpital. On l'écouta sans émotion. Riton riait nerveusement.

Un coup de feu claqua au loin, derrière

l'amoncellement de métal. En trois secondes, on prit nos armes, sans un mot, onze chairs réflexes. Je dispersai la FAS en trois groupes, on se rejoindrait face au garage en ruine, en restant à couvert. Riton irait chercher le camion avec Nanar, prêts à tout, même à fuir.

Arrivés à la lisière de la forêt de fer, nous fumes accueillis par un bruissement anormal. Dans la dizaine de platanes flamboyants bordant la route, des milliers de passereaux piaillaient et chahutaient.

Près du garage désert, cinq 404 peintes en violet étaient arrêtées. Nous avons attendu. Peu après, Riton et Nanar apparurent sur la route avec le Magirus, ayant contourné la décharge. Le camion stoppa sur notre gauche et je vis Riton mettre en batterie son F.M., protégé par le rebord de la benne. Un chapeau vola en l'air, ils étaient parés.

Un drapeau blanc a surgi de la Peugeot de tête. Je me suis avancé, tenant, à la main gauche, mon écharpe de soie, blanche également. J'essayai de me mettre à la place du type en face. Que voyait-il ? Il devait voir peut-être l'image de la mort : les habits noirs, la ceinture en croco, le Smith & Wesson en argent, il devait voir la vie : l'écharpe de soie, les longs cheveux teints en rouge, les bottes de lézard mauve, la démarche un peu dansante.

34

Un type sortit d'une des voitures. Grand, râblé, moustachu, veston de cuir sur polo style CGT, casquette, cigare. Quand je fus à trois mètres de lui, je stoppai et déhanchai mon corps en donnant à mon visage un sourire serein. Le piaillement des moineaux cessa petit à petit.

— Spinoza ? demanda le type.

— En effet, camarade... répondis-je d'une voix voilée et détaillant son corps apparemment éloigné de tout plaisir possible.

— Une preuve.

— Eh bien, Spinoza attend avec impatience qu'Hegel disparaisse au profit de la valeur d'usage.

Je fis virevolter mes cheveux et, une mèche rouge dans la bouche, je lui demandai :

— À qui ai-je l'honneur ?

— Effectivement, c'est un honneur pour toi, sale pédé de situ, de te trouver face à Thorez Rouge. Deux de mes gars, derrière, faisaient partie de Docteur Jdanov. Tu te souviens ?

— Parfaitement bien...

Les Spinozistes, sous ma conduite para-Machiavel, avaient éliminé, il y a sept mois, Docteur Jdanov, un gang crypto-stal d'anciens de l'UEC, qu'ils avaient fait sauter en l'air, à la mitrailleuse, ce qui leur avait valu une certaine célébrité, ma foi...

— Parfaitement bien, répétai-je en souriant radieusement.

— Enculé...

— Dites-moi, élégant Léniniste, serait-ce un défi ?

— Tu l'as dit, bouffi ! Si jamais tu bousilles Hegel, après on se mesure... Départ Avignon...

Je réfléchis. Ces Séguistes n'avaient pas l'air finauds finauds. Le genre fonceur mais pas stratège. Des Bolcho-kamikazes. Proie relativement facile. Cela nous reposerait un peu.

— O.K. ! J'aurai plaisir à te sodomiser la charogne, Stalinien de mon cœur...

Le mec bouillait. Mais, respectueux de la Règle, il sourit :

— Très bien... Je te signale qu'Hegel et son ramassis de nervis sont partis s'installer au Pont du Gard.

— Donneur en plus ?

— Si tu veux, Spino, si tu veux, cela ne dérange pas ma tête : Hegel, c'est rien qu'un ramassis de chiens théoriques de Saint-Germain-des-Prés.

— Tu te répètes, camarade, deux fois ra-

36

massis en dix secondes... Enfin... Nous vivons en pleine décadence du signifiant...

On se regardait, penauds quand même. Je tentai :

— Merci... Eh bien... À bientôt... Vive le Communisme !

Il me regarda, étonné dans son cuir. Nerveux, il me répondit :

— Vive le Communisme !

Je tournai le dos et repartis : mes épaules se resserrèrent instinctivement. Un peu de chair de poule et de tremblement dans les jambes. J'entendis une portière claquer. Les 404 passèrent devant nous, des Thorez crachèrent dans notre direction. Momo leur montra ses fesses. Je ne savais pas qu'il les avait si blanches.

RADIO CINQUIÈME INTERNATIONALE

COMMUNIQUÉ

Allô ! Allô ! Groupes de l'Age-Krize ! La RCI vous porte au vingt-huitième ciel de l'Errance Volume/Métal ! Et vous annonce une curieuse chinoiserie bien de chez nous. Le groupe maléfique Le Marteau Du Yang-Tsé Sur l'Enclume De La Révision lance un défi tout ce qu'il y a de plus jaune citron au groupe fantôme Posadas La Bombe H Pour Le Peuple. Avant que ça saigne, c'est déjà la lutte des titres ! Gloire à ceux qui n'ont pas peur de se jeter dans la Pampa Mortelle des Gauchos de l'Age-Krize !

Les troubadours furent tués avant d'atteindre Bombay ! J'espère que vous devinez mon nom ! Heureux de vous rencontrer ! En avant, Groupes de l'Orient Rouge.

Sympathy for the devil !

LA PEAU DU ROI LÉZARD

ICONOGRAPHIE SPINOZISTE Nº 3

Thorez Rouge, un groupe de plus.

Après le grand merdier, le haut du pavé accueillit les groupes crash. Un soir, nous est parvenue à la Radio une nouvelle saisissante : une bande de jeunes, une vingtaine de gauchistes armés jusqu'aux dents, avait fait un carton démentiel sur une concentration de nazillons réunis, pour affaires, à l'hôpital Necker. Au fusil-mitrailleur. Ensuite, ils avaient coursé les fuyards et les avaient abattus un par un dans les couloirs de l'hosto. Les grands manteaux de loden vert s'étaient couverts de rouge. L'effet de surprise avait joué. Cinquante-sept fascistes avaient été éliminés. Ce groupe de tueurs efficaces s'appelait lui-même Crash 69, en l'honneur de Ballard, un vieux gratteux dont il admirait l'œuvre. J'ai lu, depuis : je trouve ça complètement con, surtout le côté sado-maso-bagnolo.

Puis, le téléphone arabe avait joué : une radio pirate se créait, sous l'initiative de Crash 69, et d'un autre groupe, Kapital King-Kong qui, eux, s'attaquaient aux loubards racketteurs de banlieue. Dans ces messages radiodiffusés, ces groupes déclaraient ouverte la Foire aux atrocités, et demandaient expresso que se formassent des gangs similaires, issus des Facs ou des anciens groupes politiques, de façon à ne plus rien laisser dans les armureries, casernes et autres débris légaux et étatisés, de quoi armer l'adversaire, et de s'emparer de toute arme subjective et objective avec si possible des munitions, pour que, une fois ne serait pas coutume, cela soit le fer de lance révolutionnaire le mieux armé.

Ces émissions provoquèrent des vocations immédiates. Dont la mienne, je l'avoue. L'espoir de la vie rêvée revenait. Ils ont raison, avais-je pensé, rien n'est plus dégoûtant que l'inculture. Les activistes de gauche de tout poil se réveillaient enfin : le vol, l'achat et le troc des armes allèrent bon train. Le milieu parisien et les loulous impliqués dans la magouille politique de l'ancienne vague du pouvoir ne purent faire face à la grande vitesse des projectiles de toute nature qui les envoyèrent dans le grand ravin bleu. Les groupes d'extrême droite s'évanouirent dans le décor brumeux de l'incertitude sociale.

La radio de Crash 69 fut abandonnée à une bande de speed-freaks, amateurs de rock et de télex épaissis par le sang. La nouvelle équipe décida de faire le tampon entre les groupes, en annonçant la création des nouveaux et tenant au courant tout ce petit monde d'énervés. Elle s'appela Radio Cinquième Internationale. Ils organisèrent, pour le 20 mai quinze heures, aux Halles de Pantin, le rassemblement de tous les groupes Crash pour l'A.G. du siècle. Le vieux fond trotsko ressortait. Dur.

Pendant ce temps, j'avais décidé de fonder mon propre groupe. Je n'avais pas l'intention d'en prendre la tête. Je voulais juste m'intégrer à ce grand principe de plaisir qui déferlait sur Paris. Aucune soif de pouvoir ne m'habitait, mais une faim insatiable de syntagme. Je me suis viré de la Radio, bandes d'enfoirés d'idiots visuels, et j'ai essayé de retrouver ces potes qui parlaient avec moi, dans le chaud coton du gauchisme confortable d'avant le merdier, d'abolition du salariat, de valeur d'usage, de potlatch, de Cronstadt, de Makhno, de marchandise, de spectacle, bref, de tout, de rien, de la vie.

J'ai retrouvé ainsi Momo qui, enthousiaste, devint le deuxième membre de la FAS. Il avait déjà un tee-shirt noir avec écrit en lettres vertes : ÉTHIQUE. Riton amena avec lui son groupe de rock robotique, quatre types d'un coup. Crocs, que je n'avais pas vu depuis longtemps, depuis le lycée, arriva ensuite avec son amant du moment, que l'on appela immédiatement le Niais, un ancien de la Gépé qui savait les designers de la Rolls-Royce par cœur. Je le reconnus, un mec dangereux, mais je ne dis rien car il amenait avec lui un camion, un gros Magirus Deutz à benne fixe, de couleur grise, qu'il avait piqué à son père entrepreneur. Nous étions huit, armés et décidés. Je pris les devants, je fis des plans.

On annonça notre formation à la RCI et on choisit notre cache : Ivry, les anciens hangars et entrepôts du BHV.

Je me souviens de cette période comme d'un voyage mental : les coups de revolver pour chasser les clodos-marjos, les meubles entassés, l'électricité coupée le soir, les tours de garde, la frite incessante avec le municipal renaissant, les virées pour trouver des explosifs, la morphine et l'eau minérale. Chaque jour amenait sa manne.

Nous nous sommes heurtés à une bande de rockers du coin qui squattaient une cité du plateau de Vitry. On les ignorait pleinement, mais ils nous cherchaient des poux, et avaient essayé de foutre le feu aux entrepôts. Les frères Castillo, de petits caïds, menaient la barque. Nous, nous avons fait le paquebot. On a copiné avec un jeune Kabyle, Mohand, qui nous a renseignés sur les habitudes de cette bande de ramollis du bulbe. L'escalier du bâtiment où s'était réuni un soir cet amas de dépossédés du rachidien explosa, et le feu prit dans les caves. Riton tira au F.M. dans les fenêtres de l'immeuble. On a piqué quatre motos, dont la Guzzi que s'appropria immédiatement Momo, et on s'est barrés avant de savoir comment allait se comporter le système de sécurité qui équipe théoriquement les HLM. Pendant trois semaines, on a beaucoup bu, et on a déféqué dans l'archisec rayon sanitaire des entrepôts du BHV.

Tout ça pendant que le bon peuple de France, ce qu'il en restait du moins, essayait de recoller les morceaux d'une société et d'un style de vie qui en avaient pris un sacré coup derrière les oreilles.

On décida alors de faire parler un peu de nous. On commença dans le symbolique. Bizarrement, la Chambre des députés, vide, restait intacte.

Un soir, munis de cinquante litres de white spirit, nous y avons foutu le feu. Les sièges de l'hémicycle dégageaient une fumée épaisse et âcre et on a cru un moment que les vieux ringards de députés flambaient avec, se consumant dans une odeur épouvantable. À la sortie, des badauds et des membres de la Défense civile nous attendaient, armés et en nombre impressionnant. Le recrutement allait bon train. La trouille, en combat ouvert, on allait se ramasser.

J'ai laissé mes mecs derrière et je me suis avancé vers le barrage formé par ces survivants de l'ancien ordre.

— Tu te crois malin ? me demanda un de leurs petits chefs, tout de suite agressif.

— Et toi, tu te sens investi par quelle morale, pour ainsi me tutoyer et me reprocher des actes que, dans les profondeurs de ta tête, tu aurais bien voulu accomplir ? répliquai-je tout de suite hautain.

— Il ne faut pas que le chaos s'installe. Nous faisons en sorte qu'il ne s'installe pas. C'est notre seule chance de survie.

— Tu veux me mettre en taule ? Et avec quoi tu vas me garder ? Tu n'as que ça à faire ? Surveillez plutôt les pharmacies que ça !

Je montrai la Chambre qui fumait lentement.

— Si on laisse faire des types comme toi... énonça le mec.

— Laisse faire. Si vous tirez, on tire. Il va y avoir de la viande sur le quai d'Orsay, je vous préviens...

Je le regardai fixement. Il y avait une drôle d'ambiance. Tous me regardèrent, un silence s'imposa, paradoxal. Mes cheveux rouges bougeaient un peu au vent, on entendait des craquements sinistres, derrière... Mes mecs approchèrent doucement. Je les savais impressionnants. Je regardai au loin, dans la direction de la place de la Concorde. Le pont, en face, était désert.

Je dis :

— Souviens-toi, ici, la vie qu'il y avait... Tous ces gens qui vivaient, qui allaient au travail, qui allaient au plaisir, qui n'osaient pas l'ouvrir... Ce sont ces gens-là qui la faisaient vivre, ta Chambre des députés à la con...

Personne ne répondit.

Nous passâmes résolument entre eux. Ils se retournèrent et regardèrent les rues vides, puis notre camion et les motos. Quand nous eûmes démarré, je leur ai crié :

— La vie ! Allez piller le Louvre ! C'est beau et c'est mort !

Ensuite nous avons été à l'hôtel Crillon. Désert, lui aussi. Enfin, presque. À l'entrée, des jeunes armés.

Un type se détacha de leur troupe et nous parla :

— On n'entre pas. C'est squatté par le groupe Fourier Rose. Allez ailleurs !

Je m'avançai.

— Monsieur, nous sommes extrêmement fatigués et nous vous demandons l'hospitalité pour cette nuit, ce que votre seigneur ne manquera pas de nous accorder par respect de la loi ancestrale.

Le mec se marra et dit :

— Seigneur, puisque vous venez de faire

cramer la République, venez partager notre table, il ne vous sera rien fait, si vous me jurez qu'au matin vous ne chercherez pas à vous incruster en notre phalanstère.

— Veuillez recevoir ma parole, celle de Seigneur Julius Puech, de la Fraction Armée Spinoziste.

— Soyez donc les bienvenus en ma modeste demeure...

Ce flash-back médiévaliste nous fit bien rigoler. Nous passâmes une soirée et une nuit nettement farineuses. Fourier Rose se spécialisait dans les visites d'églises et, contrairement à ce que l'on peut croire, c'est dans le tabernacle que cette bande de joyeux drilles se fournissait en dérivés de coca. Aussi, il ne laissait à personne le droit de piétiner ses plates-bandes toxico-ecclésiastiques.

Mais tout cela ne m'impressionna guère, ni d'ailleurs la vision étrange de ces jeunes hommes débraillés et défoncés, couchés sur les ottomanes grand style, pour hurler la nuit noire et sinistre, hurler la peur et l'indécision, boire et oublier la lenteur, s'abstraire du repos qui ne vient que de la sûreté qu'il existe un avenir. Non, tout cela, je le connaissais déjà. La seule chose qui me fit rougir l'œil, cette nuit-là, ce furent les bottes en lézard mauve, extrêmement neuves, que portait un des membres de Fourier Rose, le poète du gang, Ginsberg attardé aux Folies Irradiées.

La vision de cette tranche de beauté pure me speeda toute la nuit, et le sommeil ne vint pas. L'obscurité était de croco.

Au matin, très tôt, sans avoir dormi, nous sommes partis vers Ivry. J'étais très énervé, car le poète ringard de FR profitait de notre camion pour aller à l'église Jeanne-d'Arc faire son petit ramassage, et donc nous accompagnait, lui et ses bottes de lézard mauve.

Le petit matin métallique tombait comme un couperet rosé sur la place de la Concorde quasi déserte et enrobait tristement le sempiternel va-et-vient des ambulances de réquisition et des véhicules des milices de quartier, au numéro peint en gros et au fluor sur la carrosserie.

Quand nous sommes arrivés sur le quai longeant l'ancien jardin des Plantes, dont les animaux s'étaient enfuis, épouvantés par l'épaisseur du drame humain, j'ai fait un appel de phares à Momo qui, devant, grondait sur sa Guzzi. Il s'est arrêté, moi derrière. Il est descendu de son engin et m'a regardé, interrogateur. Son visage était d'une grande intensité. Je lui ai dit que Spinoza allait se

chausser. Il a compris et a sorti son P .38.
Moi, ma lame. Un Pradel de vingt-deux centi-
mètres. J'ai sauté sur la benne arrière. Les
mecs me regardaient, le poète grinçant aussi.

— Enlève tes bottes, s'il te plaît...

— Il ne me plaît pas, répondit-il.

Je lui montrai ma lame :

— Tu as trente secondes, après, je découpe
la jambe autour...

Le type verdit. Un Fourier Rose tout vert,
c'était bandant. Il enleva lentement ses bottes
en disant :

— Cela va être la guerre, tu sais, c'est un
curieux remerciement à notre hospitalité, et
me laisser en chaussettes sur le pavé froid,
cela n'a rien d'humain, rien de néo-humain.

— Tu es un poète, pas un stratège, dis-je,
à toi de savoir si une paire de godasses va dé-
clencher la mort à répétition...

Puis, pris de remords, je lui laissai mes
chaussures, style curé de gauche, cuir solide
et semelle épaisse, la randonnée. Il descendit
de la benne sous la menace du revolver de
Momo. Les autres ne disaient rien.

Sur la chaussée, le va-nu-pieds me dit :

— La poésie est la plus grande des straté-
gies !

Je me remis au volant du Magirus, envoyai

48

le moteur, me penchai vers la portière et, en criant plus fort que le diesel, je lui assénai que la poésie n'avait plus aucune tactique, eh ducon !

Je conduisis pieds nus jusqu'à Ivry et, le soir venu, je mis les bottes. Elles ne me quittent désormais plus et font partie de ma fantasmatique. Celui qui me les enlèvera les ôtera à un cadavre.

RADIO CINQUIÈME INTERNATIONALE

COMMUNIQUÉ

Allô ! Allô ! Groupes de la planète Speed-Paranoïd ! La RCI vous parle du temps mou et mauve ! Les Auto-Gnomes ont frappé ! Et c'est le groupe mystérieux Sadi Kanal qui a disparu dans des nuées de cordite. Le mystère s'épaissit donc. Gloire à ceux qui ont su perpétrer la fiction et l'éclair bleu de la paranoïa. Souhaitons que l'enfer ressemble à un pavillon de banlieue !

Et un petit nouveau ! Le groupe Planète Potlatch ! Ça va ! distribuer dur, mais quoi ? At-

tention ! Bientôt Pantin ! Jésus a eu ses mo-
ments de doute et de douleur !

J'espère que vous devinez mon nom ! Heu-
reux de vous rencontrer !

En avant ! Groupes de la planète Speed-Pa-
ranoïd !

Sympathy for the devil !

WALKING THE DOG

FICTION SPINOZISTE Nº 5

Maintenant, dans le camion, assis sur le
siège qui tressaute, j'ai l'impression que ce
cuir de lézard qui recouvre mes pieds me
monte le long de la jambe. Quelle gueule
ferait mon ennemi principal si, enlevant mon
pantalon, il découvrait mes tibias recouverts
d'écailles de reptile et la peau de mes testicu-
les verdâtre, dure, squameuse et légèrement
brillante ?

Un jour, plutôt une nuit, nous attendions
une livraison dans le métro et, pour reposer
mes pieds, j'avais mis mes bottes sur le plastique orange d'un siège anticlodo. Et je les
avais regardées une grande partie de la nuit

avec, en arrière-plan, le tunnel écroulé sur un bout de rame, et, à l'intérieur, tant de cadavres poussiéreux. Cela avait été nettement ackermannien. Après notre entrevue avec Thorez Rouge, nous sommes donc partis vers Nîmes, via Tarascon. Nous avons levé le camp et préparé nos armes. Le camion a foncé à plus de cent à l'heure sur la route droite. Nous avons percuté une voiture particulière qui essayait de se ranger sur le bas-côté.

La Provence était belle et toute bruissante d'été. Le soleil perçait, poudré, le pare-brise du camion. Momo et Amédéo ouvraient la route sur leurs motos. Nanar, qui ne quittait jamais son fusil de guerre, et François étaient à côté de moi. François avait le bras posé sur mon épaule et, quelquefois, sa tête reposait sur l'angle externe de ma clavicule. Le vent, entrant par la vitre baissée, lui soulevait ses cheveux fins qui, alors, me fouettaient le visage et l'oreille droite. Riton était dans la benne avec son F.M., Carlo, Régis et Depips, surnommé « 11 novembre ». Derrière le Magirus, sur la même moto, Denis, le musicien fou qui jouait du saxophone, la nuit dans les décharges, devant son seul public, les rats musiciens, et son amant, Gilbert le sombre, tenant la Kalachnikov, sans laquelle il n'y a pas de mythe vivant.

Nous passâmes devant Nîmes quasi déserte. Devant la gare à moitié brûlée, une horde de chiens nous regarda passer au ralenti. C'était la première vision de l'enfer que je pressentais. Ou plutôt, la première vision de l'après.

Je stoppe le camion, je conseille aux motards de continuer un peu. Je veux regarder cette étrange assemblée. Ils sont curieusement tous de pelage noir, de races différentes. Ils sont tous assis sur leurs pattes arrière. Soudain, un des chiens de la première ligne se lève, semble passer les autres en revue, et s'avance sur le trottoir jusqu'à notre hauteur. Les autres ne bougent pas et attendent. Le grand chien noir nous regarde, saute sur le capot d'une voiture abandonnée, toujours en nous fixant de ses yeux jaunes. Je suis médusé. Je suis fier, le chef vient me voir.

— Salut ! lui dis-je doucement.

Le chien jappe à peine. J'ouvre la portière et descends le marchepied du camion.

— Fais pas le con, Julius, marmonne Riton avec une drôle de voix.

— Pas de faux mouvements, je réponds. Nanar, prends le volant et sois prêt à démarrer.

— Fais gaffe, un chien, c'est spiritualiste, dit François.

Je souris. Je m'approche du chef-chien. Il ne bouge pas, il ne montre aucune peur, mais sa queue ne remue pas. Arrivé à deux mètres de lui, je ralentis et le regarde dans les yeux. Les chiens n'aiment pas, aussi, ils regardent ailleurs tout en faisant le point sur tout ce qui les entoure, en soupesant l'ambiance et en vérifiant si on les regarde toujours. Lui, il me fixe sans ciller. C'est un braque noir, superbe, fin et musclé. Je remarque qu'il n'est ni maigre ni sale, que ses ongles sont courts. Cela signifie plusieurs choses : il mange à sa faim et ne dort pas dehors, court beaucoup. Après qui court-il ? Après quoi ? Que mange-t-il ?

J'ai un peu froid dans le dos.

Je lui parle doucement et longuement, à voix chaude et basse, en lui souriant et en lui disant des mots doux. Il jappe toujours faiblement, mais ses babines s'affaissent un peu. Je m'avance en tendant la main et lui caresse tendrement le poitrail, tout en le grattant de plus en plus fort. Il grogne de contentement. Je lui caresse la tête, de mes deux mains, et la presse sur mon cœur.

Au bout d'un long moment, je m'éloigne.

En montant dans le camion, je l'ai salué. Dès que Nanar a mis le moteur en route, le chien a aboyé trois fois et toute la meute s'est radinée. On a eu un moment de trouille intense, mais la horde noire est restée sur le bord de la route et nous a accompagnés. Plus loin, Momo et les autres ont accéléré voulant mettre leurs mollets à l'écart.

Les chiens nous suivirent ainsi jusqu'au grand cimetière. Là, ils s'arrêtèrent, sans doute pour ne pas outrepasser les limites du territoire qu'ils s'étaient fixées. Je me suis dit que c'était dommage que les Hégéliens ne soient pas dans la ville, car la meute noire m'aurait sûrement obéi et m'aurait aidé à les bouffer : grande mort pour de petits matérialistes.

Entre Nîmes et Rémoulins, vingt bornes. Le Magirus les avala à fond de cale. De rouler dans vingt-cinq tonnes d'acier donne un certain sens de l'inaltérable. Momo hurlait sur sa moto, content d'avaler des guêpes. Dans un village, un semblant de milice communale s'était formé, pour sûr d'anciens gros cons de chasseurs, et voulait contrôler les véhicules de passage. Riton a fait miroiter dans le soleil languedocien son fusil-mitrailleur, qui a pivoté dans un éclair laiteux. Trois rafales dirigées dans l'espace bleu et limpide nous ont ouvert la voie.

Nous arrivâmes en vue du Pont du Gard.

LE MOIS DE MAI
DE L'AN SCHIZO II

Il nous restait une semaine avant l'A.G. de Pantin. Par la RCI, des nouvelles arrivaient sans cesse. Fourier Rose avait été détruit par la milice parisienne, elle-même attaquée, en représailles par un groupe vengeur, Bordel Bordiga.

Intéressant, les clivages réapparaissaient. Un groupe fasciste avait osé, les salauds, revenir au grand jour ; il se nommait Ordre 9, pas beaucoup d'imagination les fachos, cela ne changeait pas beaucoup d'avant. En plus, ils avaient voulu s'installer, symboliquement, dans l'île Seguin, château fort imprenable, sans savoir, les cons, qu'un groupe de durs de durs y était déjà, les Staline Renault. Énorme bagarre, boucherie générale. Un autre staligroupe, le Dadzi-Mao, se porta au secours des SR, et les fafs disparurent de la surface consciente de la planète.

Paris revivait sous les balles perdues. Nous

55

nous sommes tenus un peu à l'écart de cette agitation fébrile. Spinoza s'était livré à l'éthique, j'allais continuer par l'esthétique. Il n'y avait pas de raisons que cela reste le domaine privilégié des Hégéliens de toute tendance.

Le Niais avait repéré deux Canadair de pompiers, basés sur le plan d'eau de Meulan. À Ivry, à côté de notre cache, il y avait une usine de peinture, déserte et encore pleine de mille couleurs en pots de dix litres. On a donc emprunté trois cents pots de peinture rouge et blanche. On les a chargés sur le camion et, roulez petits bolides, comme disait ma maman, direction Meulan. On a réquisitionné un Canadair. Son gardien n'a pas opposé une particulière résistance. De tomber dans l'eau puissamment dégueulasse de la Seine ne lui faisait pas envie. Toute la nuit, on a chargé de peinture les réservoirs de l'avion. Au petit matin, le Niais est revenu avec un pote à lui, genre travelo maudit, mais pilote breveté. On trouve de tout dans les marges. Quand on lui a dit ce qu'il devait faire, il s'est bien marré. Son rire aigu et maniéré résonna le long de l'eau. Les frondaisons des Mureaux renvoyèrent cet ersatz de féminité. Cela me fit mal. Les femmes. Pas le temps. Le Niais devait l'accompagner dans l'avion. Le gros de la

FAS est resté à Meulan pour attendre le retour du zinc et parer à toute velléité des excités du coin. Fourier Rose nous restait en mémoire. Je suis parti pour Paris avec Momo, sur sa moto. Nous avons attendu le soir et le soleil couchant. À Montmartre. Nous avons investi un appartement, au cinquième étage, et nous nous sommes installés sur le balcon, avec un petit joint. L'odeur colombienne s'évaporait quand le Sacré-Cœur vira au jaune.

Nous entendîmes alors le ronflement du moteur du Canadair, au loin. Il rasait les arrondissements. Momo riait nerveusement. L'avion passa au-dessus de nous en vrombissant, et largua ses trois mille litres de peinture rose sur le Sacré-Cœur. Le plan du siècle. Quelle jouissance ! L'appareil tourna une fois autour de l'église réactionnaire et disparut vers l'ouest. Momo et moi passâmes deux heures extra-humaines à voir le soleil couchant éclairer de ses feux de plus en plus maigres la meringue maléfique qui trônait au-dessus de Paris.

Le merdier avait quand même ses bons côtés.

Une semaine après, c'était l'A.G. de Pantin. Avec tous les Crash. Assemblée de déments de tout poil, sacrée ambiance, cacophonie et bordel. Nous y allions, auréolés de notre récente gloire esthético-ecclésiastique. Sur la scène, il y avait un énorme calicot : « Pas de violences ! L'ennemi est ailleurs ! » Un kilomètre avant les abattoirs, des membres de groupes différents faisaient un guet efficace et discret. Par pur militantisme. Quelle merde, la forme la plus primitive de l'exploitation de l'homme par l'homme. Riton et son groupe, qui se foutaient pas mal de l'idéologie, acceptèrent de se mettre, eux aussi, en faction et de participer au piquet général.

Il y avait environ un millier de personnes à l'intérieur des Halles. Les accoutrements étaient diversement expressionnistes, la frime était de rigueur. Le Niais, à côté de moi, était émerveillé par la haute teneur de strass ambiant. Les badges étaient revenus à l'assaut des revers de veste, les maquillages allumaient l'œil, les bijoux redéformaient les oreilles. Et les armes brillaient dans la pénombre. P .38 Rock and Roll.

Un mec de Radio Cinquième Internationale monta sur la scène, mit en marche le groupe électrogène et brancha le micro, régla la sono et demanda le silence. Ils avaient tout prévu. Il parla et la foule disparate se calma.

— Camarades !

Hurlements affreux, des objets divers tombèrent sur la scène.

— Camarades ! Ceci est peut-être la seule fois que nous pouvons parler ensemble !

Il ne parlait même pas un français correct. La honte. Ce n'était décidément pas mon camarade.

— Profitons-en ! hurlait derechef la vedette.

La sono, très fort, couvrit les injures venant de quelques groupes.

— Je vais vous lire la liste des groupes qui nous est parvenue, la liste de tous les groupes formés qui nous ont fait part de leurs actions diverses. Après, chacun pourra profiter du micro pour donner son avis sur la suite que pourra prendre notre mouvement...

Flottement parmi l'assemblée. Cris divers. Ces crétins se laissaient faire. On régressait. Je me sentais mal à l'aise. Je dis à Momo qu'il valait mieux se tirer avant de se farcir une corpo supplémentaire.

— Laisse, c'est marrant la boue, me répondit-il.

Le mec, sur la scène, se mit à lire son papier. À chaque nom de groupe répondaient, dans l'assistance, des cris, des sifflets, des injures, des imprécations dont certaines me firent quand même rigoler. Alors qu'il en était à la moitié de sa longue liste, l'orateur fut interrompu par son type qui monta sur la scène avec un énorme sac en plastique bleu. Je le reconnus immédiatement, un ancien ultra avec qui j'avais, il y a longtemps, fait de l'antiléninisme. Il arracha le micro des mains de l'internationaliste radiophonique et, au moment de parler, pleura comme une vache. Ce n'était pas son genre et cela m'étonna beaucoup : il piquait une sacrée crise de nerfs. La foule se calma devant ce spectacle inattendu, et un silence paradoxal et mortel régna sur l'assistance.

— On dirait l'oral du bac, susurra Momo.

On aurait dit du Bob Wilson. Au bout de longs hoquets, le type parla.

— ... Je... Je suis le seul survivant du groupe Ultra-Mattick. Nous devions être là aujourd'hui... Et ce matin... On m'a livré ceci...

Il montra le sac en plastique qu'il tenait négligemment d'une main et qui traînait par terre :

— Un groupe de Stals pourris, que les chiens de garde du Capital les bouffent !... Un groupe, dont les étrons qui le composent doivent être ici, ce soir, parmi nous...

Je m'approchai de la scène, je savais.

— Un groupe de salopards qui se nomment Docteur Jdanov m'a livré, ce matin, ce sac et me l'a laissé en rigolant !

Il vida le contenu du sac sous la lumière blafarde du projecteur. Un grand nombre d'oreilles ensanglantées s'éparpillèrent autour de lui, paillettes dérisoires, macabres et morbides.

Le silence était impressionnant. Je m'approchai encore, sensible à ce grand guignol tragique. Momo me suivait comme mon ombre, sentant confusément qu'il fallait s'intercaler et que la FAS ne devait pas rester en arrière. Les Spinozistes ne devaient, en aucun cas, prendre un train en marche. Le type reprit :

— C'est une saloperie ! Il hurlait : « C'est un défi à vous tous et à notre survie ! Ce ne sont plus seulement les fafs que nous avons à craindre, mais nous-mêmes ! Camarades, il faut relever le défi ! Qui le relèvera ? »

Il pleurait toujours.

Le bordel reprit de plus belle. Les groupes para-staliniens, étant venus en force, rivalisèrent d'injures avec les néo-gauchistes n'ayant pas oublié leurs anciennes haines. Je parlai rapidement avec Momo et je montai sur la scène. Je pris le micro :

— Fraction Armée Spinoziste...

Hurlements, bien sûr, mais aussi quelques applaudissements. Bordel ! Le goût salé du pouvoir était bien agréable !

— Je relève, au nom des magnifiques membres de mon groupe, le défi ! Je donne rendez-vous à Docteur Jdanov et à sa clique de tueurs réactionnaires tendance Manu-france, dans trois jours, sur l'autoroute du Sud, sous l'aéroport d'Orly. Tout le monde ici saura s'ils auront ce courage... J'ajoute que nous n'avons de conseils à recevoir de personne.

Je scrutai la foule animée et sautai dedans, après avoir, par mégarde, marché sur quelques oreilles. Curieuse sensation. Aussi sec, je fus remplacé au micro par un membre des Blue Trotsks, qui lança un défi analogue au groupe Pablo. Ça y est, les trotskos se bourrent la gueule, ai-je pensé. Il y a des réalités qui restent éternelles, ils ne comprendront décidément jamais rien à la poésie. Un autre orateur improvisé lui a succédé à la tribune et a demandé pourquoi il n'y avait pas de femmes dans l'assemblée. Un énorme ricanement phallocratique secoua les Halles de Pantin.

J'ai rallié les potes et nous nous sommes dirigés vers la sortie, en faisant quand même bien attention. L'A.G. prenait le chemin du lupanar le plus noirâtre. Ce fut là que démarrèrent les défis, les règles, le sang, l'extermination du gauchiste par le gauchiste, du malade infantile par le malade sénile. Jusqu'aux jours d'aujourd'hui où des bandes d'énervés sillonnent les routes, traqués et traqueurs, suicidaires et suicidés de la société morte.

Le Niais profita de cette soirée pour scissionner. Il avait retrouvé des potes à lui, du groupe Carlo Ponti, et jugeait que notre valeur était désuète à côté de la grandeur pailletée du glitter-groupe à la gloire de l'innommable poussah italien. Il voulut partir sous mon regard amusé. Je lui demandai :

— Hé ! Le Niais ! Et ton allégeance ?

— À qui ? répondit-il.

— Au groupe...

— Spinoza mon cul... Julius, tu vas te coltiner avec des gens trop laids pour moi. Jdanov... beurk ! Je n'ai pas de temps à perdre, moi...

J'avais déjà ma lame à la main :

— Insulte encore une fois Baruch et je te tranche... Tes zombies néo-Palace n'ont que la vie de la superficialité. Si tu vas avec eux, c'est pour le secret désespoir de devenir leur chef ! Hein ! Le Niais ! Le Pouvoir !

Il m'observa, épouvanté par la lame :

— On... On n'a plus rien à se dire, Julius, tu m'as traité de superficiel... Te rends-tu compte !

— Fais quelque chose ou je te plante !

Le temps s'arrêtait, suspendu à la course non encore accomplie du couteau vers son ventre. Le Niais me regarda et me donna l'adresse de Docteur Jdanov, là où ils créchaient.

— Salaud ! dis-je, en rangeant mon Pradel.

— Salaud toi-même, tu n'as jamais eu l'intention d'aller à Orly !

Je ne dis rien, content d'avoir prévu que cet ancien mao jouait le triple jeu. Il connaissait trop de monde. J'avais soupesé le fait qu'il devait également savoir où étaient les coupeurs d'oreilles. Je le laissai partir.

La FAS perdait donc avec le Niais une acuité. Mais elle se débarrassait d'une épine en son flanc. Sur place, on recruta trois nouvelles recrues, Nanar, Depips « 11 novembre » et Laurent, le survivant d'Ultra-Mattick, un conseilliste, mais tant pis. Beaucoup de ses congénères avaient été hollandais, comme Spino. Secoué le mec, genre hystérique, prêt à tout pour suicider le reste du monde.

Comme le Niais pensait bien ! Il n'était pas

question de se fourvoyer à Orly. Il fallait trouver une autre tactique, en y ajoutant de la stratégie. En montant à la tribune, j'avais déjà pensé à tout ça. Les fausses informations cavalent plus vite que les vraies, c'est bien connu. Et je comptais sur le Niais pour les faire circuler, contre son gré. Les Jdanov n'allaient pas attendre qu'on aille chez eux, ils viendraient nous surprendre chez nous, à Ivry.

Aussi, dès le lendemain de l'A.G., nous les avons attendus, à cinq cents mètres de notre planque, cachés de part et d'autre de l'avenue, dans des magasins vides et dans un vieux café. Le Thermomètre. Marrant. Pas marrant. On a attendu toute la journée, en fumant intensément, mais le soir, la récompense. Ils sont arrivés avec leurs camionnettes de merde. Ils en sont descendus, sûrs et légers. On les avait tous dans notre ligne de mire, mais Laurent, fou de haine, est sorti pour se rembourser sur les oreilles. Ce con foutait tout en l'air. On a été obligés de bien viser, et Riton, avec son F.M., a dû décrépir tout le mur d'en face. Une boucherie. Deux survivants parvinrent à s'enfuir. Ce sont eux qui, maintenant, forment l'impensé radical de Thorez Rouge. Laurent est mort parmi ses ennemis, fauché par les mêmes balles. La fin justifiait les moyens. Tout conseilliste n'est pas censé le savoir. De la morale ? Bof ! Non ! De l'éthique !

Jdanov avait eu une fin sémantiquement stakhanoviste. Le lendemain, la RCI passa, par nos soins, la nouvelle.

Nous devenions le groupe de pointe, le fer de lance de toute crashitude.

RADIO CINQUIÈME INTERNATIONALE

COMMUNIQUÉ

Allô ! Allô ! Groupes du Soleil Irradié ! La RCI vous branche gratis sur l'électrochoc mondain ! Nous vous annonçons le passage violent de Docteur Jdanov dans le champ hypermétallisé de l'espace de non-vie intersidéral ! La Fraction Armée Spinoziste en a encore les mains moites de sang ! Gloire à elle, Mythe vivant, gloire aux morts, qui perpétuent, avec une efficacité toute gibsonienne, la vie derrière la vie. Spinoza en profite pour prévenir le groupe Kagibi de veiller à ses abattis bureau-

cratiques, car le vent tourne. Ça va synthé-
tiser !

Heureux de vous rencontrer !
Espérons que vous devinez mon nom !
Mais ce qui vous dérange
C'est la nature de mon jeu !
En avant ! Groupes du Soleil Irradié !
Sympathy for the devil !

MOMO ENCORE ET TOUJOURS

FICTION SPINOZISTE Nº 6

À Rémoulins, au hameau de la Foux, juste au croisement avec la dérivation allant au Pont du Gard, nous nous sommes arrêtés. Les moteurs tombés au régime zéro imposèrent un silence lourd et électrique. Je marchai un peu sur la route et humai l'air, essayant de saisir des signes d'ambiance, comme si le faible vent était porteur de mort. Je dis alors à mes mecs que, à travers l'odeur des eucalyptus et des chênes verts, il y avait l'odeur écœurante de l'Hegel.

Momo est parti sur sa Guzzi silencieuse, avec Nanar et son fusil Mauser.

Au ras des platanes, les roues écrasant les boules vertes et les feuilles craquantes, ils ont fait six cents mètres, ont ralenti, mis la béquille et scruté la route droite à la jumelle. Momo a aperçu trois Hégéliens en faction ; plus loin, dans le fossé leurs cuirs noirs suintaient dans les herbes à chat et le chiendent.

La Guzzi a fait demi-tour. Nous nous sommes concertés, et nous avons décidé d'éliminer cet avant-poste de la dialectique.

Le bruissement de milliers de petits insectes accompagna le détour que l'on fit par les vergers abandonnés. Les cigales hurlaient comme des robots irradiés et fous. Le soleil nous coulait dessus, et nos ombres sur le sol jaune étaient réduites au minimum. Du Gard, pas très loin, émanait un clapotis sinistre, comme si un lac de mercure frissonnait sous la faible brise de l'été. Nous sommes arrivés juste derrière eux, ils étaient sérieusement occupés à boire de la bière et à scruter nonchalamment la route devant, déserte. Pour eux, nous ne devions pas être là. Pour nous, ils y étaient. J'ai dit doucement :

— Hé ! Les minables !

Et j'ai déchargé mon revolver sur le premier d'entre eux. Le deuxième fut allumé par Nanar, le troisième, frappé à la poitrine, se coucha nerveusement en arrière et tira trois fois dans notre direction avant de mourir. Momo se prit une balle dans la hanche. L'effet de surprise avait joué, mais cet enfoiré avait eu Momo. Celui-ci, courbé par terre, serrait convulsivement son aine et geignait. Le sang filtrait à travers ses doigts.

— Quelle chierie, dit-il, c'est vraiment trop con...

J'essayai de le conforter en la vie future :

— Bon... Tu vas te reposer, je vais aller tirer du lit un pharmacien quelconque...

— Tu parles... dans ce bled...

Les autres sont arrivés avec le camion et les motos. On a fait cercle autour de Momo. Nanar est parti faire le guet. Disposés autour de ce corps magnifique de Spinoziste, étendu, rouge, dans les herbes poussiéreuses du fossé, nous ressemblions un peu à *La Leçon d'anatomie* de l'autre célèbre Batave. Momo ne disait rien et bavait discrètement. Il savait que sa blessure était la première, sérieuse, au sein du groupe. Les autres morts avaient été soudaines et impersonnelles. Lui, il allait prendre le temps de se payer une belle agonie.

Je m'approchai et, en m'agenouillant dans la poussière, lui pris la tête entre mes deux mains. Je le regardai dans les yeux, à l'envers, et lui baisai les lèvres. Il sourit vaguement. Je lui demandai :

— Qu'est-ce qu'on fait, Momo ?

— De moi ?

— De tout.

— Écoute, on n'est pas dans un film américain. Je le sens, je vais crever, je vais devenir un palace à asticots, là, sur le bord de la Nationale... bordel, j'ai mal... j'ai mal, mais pas trop, ça peut aller... mais pas longtemps, je vais voir blanc comme une page de livre... bientôt, je ne pourrai plus bouger, feu dans les tripes. Foutez-moi sur ma moto...

— Écoute, arrête de...

— Non, mec ! Ce n'est pas du cinéma ! Excuse-moi, Julius, c'est ma fin à moi, j'en suis le seul maître, après... il y a la valeur d'usage, ma mort solitaire et glacée, amplifiée par le bruit de la course. Pour l'instant, aidez-moi à grimper sur ma moto, donnez-moi un flingue, il faut que ça pète... Nom de Dieu, c'est mon dernier échange, ma force de travail, je vais vraiment l'assurer, c'est ma force de mort... j'ai mal...

Puis, il s'est tu. Je réfléchis, regardai les autres. François pleurait, car il ne connaissait pas beaucoup la vraie voix de Momo qui, souvent, ne faisait que hurler sur sa machine et se taire, le soir.

— Attachez-le sur la Norton, on garde la Guzzi, dis-je.

— T'en fais pas, Hegel, je vais l'enfoncer dans les poubelles de l'Histoire, conclut Momo.

Puis il me fit un clin d'œil, en ajoutant :

— Je vois désormais les étoiles... Ça me donne envie d'hégeler...

Nous avons attaché Momo sur sa moto, pantin grisâtre, car sa vie le quittait, personnage puissamment évocateur, car il voyait la mort et vivait avec elle. Une fois sanglé, il devenait également érotique, dans une sorte d'attirail sado-maso, prêt à l'acte, dans son aura de pulsion de mort. Prêt pour le grand éclatement. Un peu de sang coulait sur la selle et, avec sa main, négligemment, Momo en tartinait son réservoir. Le sang caillait sous la chaleur, et les résidus poisseux d'essence se mélangeaient au plasma en fusion. Ballard revenait en force, et ce n'était au fond que justice.

Pour que son acte ne soit pas frénétiquement gratuit, et pendant que Momo se bourrait de speed et de coke, pendant qu'il se préparait minutieusement à rencontrer le mur final de ses propres angoisses, je fis le tour de la colline, par la garrigue, en emportant une paire de jumelles. Je fis tout le chemin à pas de loup, m'égratignant aux épineux, saloperie de nature increvable. Sans me faire voir, je pus me ménager un point d'observation idéal et plongeant sur le Pont du Gard, la route et le fleuve.

J'eus beau scruter pierres, rochers, et maisons abandonnées, personne n'attira mon acuité oculaire. Ou bien Hegel était parti, chiant de trouille dans son froc matérialiste, ou bien, décidément, il se confondait avec la réalité des choses vivantes, les pierres, les rochers et les maisons closes. La lavande fraîche embaumait. Pas de chants d'oiseaux, juste le frémissement métallique des diverses sortes et familles d'insectes indestructibles. Ces insectes à la con ! Ma nervosité atteignait un niveau hallucinatoire : j'insultais les mouches !

J'entendis la Norton arriver. Elle devait avancer, régime bas et ronronnant, le long des platanes, sur la rive droite. Je la vis, avec Momo dessus, paquet ficelé à sa locomotive. Ils amorcèrent la montée vers le Pont et s'arrêtèrent au tournant, ayant le monument en dos d'âne devant eux.

Momo était immobile, sûrement perplexe. Ses cheveux tombaient droit sur ses épaules. Il s'était peut-être attendu à un barrage ou à un feu nourri. Mais rien ne se passait, rien n'existait, à part ce grand vide devant lui. Face au grand creux de la mort prochaine, Momo ne devait pas apprécier celui temporaire qu'on lui offrait avant sa grande sortie. En voyant ses gestes se saccader, je devinai qu'il s'énervait. Je l'entendis crier :

— Hegel pourri !

Son cri se répercuta en écho sur les falaises bordant le fleuve.

— Spinoza encule Hegel ! hurla-t-il encore.

À présent, il chancelait. Je frissonnai.

De l'autre côté du Pont, une voiture, une DS cabossée, apparut lentement et se mit en travers de la route, coin gris pâle enfoncé dans la vraie vie.

Des coups de feu en partirent qui firent, sous l'impact, vibrer la moto. Je vis l'imper de Momo agité de soubresauts. La moto fit un bond en avant, se ruant vers la DS, d'où on tirait toujours furieusement. Vingt mètres plus loin, la moto dérapa, se coucha, Momo s'affala sur la route dans une gerbe d'étincelles, le bonnet aux couleurs criardes restant sur la chaussée, en arrière. La Norton finit sa course en fumant contre la voiture. Un Hégélien s'approcha avec précaution du héros spinoziste, regarda, en penchant la tête, le visage du mort, et s'éloigna en haussant les épaules. La DS repartit en marche arrière et se gara sur le parking de la rive gauche.

À ce moment-là, je pleurai doucement ; ça va chier, bordel, ça va chier !

RADIO CINQUIÈME INTERNATIONALE
COMMUNIQUÉ

Allô ! Allô ! Groupes de la Lune Folle ! La RCI vous ouvre les veines vénéneuses de l'information crashante ! La Radio des années merdeuses ! Sang Noir de Bakounine, groupe sombre entre tous lance un défi à Piolet Mexicain, en le traitant de... Nous ne vous le dirons pas, car cela est trop beau ! Les ambiances de mort se font et se défont vite ! Et un petit nouveau dans la masse des gangs qui ralentissent la vitesse de rotation de La Terre, les Artefacts. Longue vie à ces robots de l'inconscient !

Pourquoi le docteur n'a pas de visage ?

Heureux de vous rencontrer !
Espérons que vous devinez mon nom !
En avant ! Groupes de la Lune Folle !
Sympathy for the devil !

JAJA K. PARANO TOUR

ICONOGRAPHIE SPINOZISTE Nº 5

Après Jdanov, sur notre lancée, ce n'est pas la peine de trop en parler, nous nous sommes farcis deux groupes de nullards de première. Je raconte, vite fait : à dix-huit heures, par l'intermédiaire de la RCI, on lance le défi, et à dix-neuf heures, on fait sauter le groupe Kagibi dans leur local dont la description nous avait été obligeamment faite par un ancien de Soyons Frank. À la mélinite. Un grand flash. Ensuite, Stakhanov For Ever succomba en un instant à notre attaque digne de la prise du château fort dans *Les Vikings,* avec Kirk Douglas, un vieux triacétate 35 mm. Le cinéma, la vieille bête, il n'y a que le grand merdier qui est parvenu à en venir à bout. Les Stakhanovistes étaient bourrés comme des vaches, ils ne nous ont pas vus arriver. Des laids sans stratégie ni tactique.

Du coup, la FAS passa pour un groupe de spécialistes de la néantisation des aspirations néostaliniennes. Cela m'énerva un tant soit peu : il fallait changer de registre pour ne pas tomber dans le corporatisme. Le Niais étant toujours une cicatrice dans mon cervelet, j'ai alors décidé de continuer mon stress crashien sur Carlo Ponti. Mais avant de lancer officiellement le défi, il fallait les repérer. J'ai envoyé mes sbires, spadassins de l'ère maudite, aux renseignements.

Comme Ivry sentait mauvais, et pour ne pas s'y faire piéger, j'ai éparpillé les glorieux membres de la FAS, en leur donnant rendez-vous, un mois après, dans le hall de la gare d'Austerlitz. Comme cela, pas de danger de traquenard vengeur. Trente jours de liberté individuelle nous feraient également un bien énorme. Chacun pourrait décompresser, et éliminer en lui-même la tension intérieure qui apparaît dans la vie en communauté. Pour ma part je formai une mini-équipe avec Crocs, dont j'appréciais la douceur vespérale, et, épisodiquement, Momo. Momo pensait aux femmes.

La prostitution avait repris de plus belle

dans des quartiers inédits. La majorité des femmes était partie se réfugier à la campagne pour assurer une vie plus calme et correcte aux marmots survivants. Se marginalisant un maximum, d'autres veillaient jalousement sur les enfants abandonnés par les mâles. Honte sur nous ! Néanmoins, quelques groupes de femmes avaient fait leur apparition, mais ne se mêlaient pas à nos petits jeux phallocrates. Certains hommes s'étaient frottés à ces féminités responsables et avaient vite compris que le néo-féminisme était armé jusqu'aux dents. Ces groupes avaient des noms bien aussi ridicules que les nôtres : Lesbos Rouge, Utérus d'Acier, 28, Les Deux Moitiés Du Ciel, Tampax Aeternam.

Tous les trois jours, nous changions d'appartement. Un soir, Crocs et Momo sont partis chasser les traces des Pontistes du côté de Beaubourg qui, depuis l'incendie, s'était transformé en un immense épouvantail d'acier noirâtre, bramant aux cieux l'impuissance de l'artiste modèle. J'étais donc seul dans un trois-pièces dévasté de Montparnasse, allongé dans un vieux fauteuil en cuir, lisant de vieux journaux trouvés là, dans un désordre indescriptible. La lecture de ces événements déjà vécus ne me fit pas regretter l'ancien temps. Je les jetai, dégoûté, dans un coin de la pièce.

Après m'être longtemps absorbé dans la contemplation du bout de mes bottes, je fus pris d'une fièvre étrange, celle de courir et de me noyer dans la ville, d'une furieuse envie, celle de voir de l'animation creuse et stérile, comme celle des samedis soir d'avant. Pourtant, je savais que je trouverais rien de tel. Mais je suis sorti dans la nuit, hors de toute sagesse, hors de toute prudence. Avec un P.38 et deux chargeurs. J'errai comme cela longtemps dans la ville et je vis des spectacles étranges qui me firent frissonner. Au milieu d'une rue, un grand canapé rouge qui me fit penser à Cyd Charisse ; son simple nom revenu à ma mémoire me fit douter de la pérennité des choses et des êtres, l'ancienne star étant, à présent, réduite à l'état de squelette purulent dont les tibias légendaires se font grignoter par des asticots mythophages. Sur une place, un arbre en feu, solitaire, Magritte désespérant. Un grand néon publicitaire rose écrasé sur un trottoir en mille petits fragments crissant sous les pieds.

Je parvins ainsi jusqu'au périphérique, du côté de la porte de Montreuil. Je regardai pensivement le jour se lever sur les innombrables carcasses de voitures qui encombraient la chaussée, dans un énorme embouteillage de mort. Mais, en y regardant bien, on pouvait voir un passage tracé à travers les voitures de façon à pouvoir quand même y circuler. Crash 69, le groupe matrice, régnait auparavant, sur le périf, puis on n'en avait plus entendu parler. S'était-il fait avaler par le grand ruban de goudron mou ? Des odeurs d'essence montaient, des odeurs de pneus, de tôle froissée, de moleskine lacérée.

— Bouge pas, te retourne pas, mains sur le parapet !

Sueur d'angoisse, piégé... On me braquait. Un bout métallique dans mon dos. La fin. Seul, j'étais vulnérable et quasi mort. Des mains me palpèrent. Je regardai au loin, sans voir. Mon P .38 entre mes jambes, le long de ma cuisse, caché par ma gabardine grise.

— Fais-toi voir, dit la même voix.

Je me retournai. Un jeune type avec un énorme fusil de guerre me tenait en joue. Style Zappa. Derrière lui, une jeune femme, j'ai honte de le dire, très belle : brune, regard acide, visage en lame de couteau, vieux pantalon de soie noire, chemise blanche d'homme, veste étriquée couverte de badges.

— C'est Spinoza, dit le type.

— Le pied ! dit la fille.

— J'm'appelle pas Spinoza, j'm'appelle Julius !

— Le pied quand même.

— Et à qui est le pied ? hasardai-je.

— À ta sœur, maugréa le mec.

— Et qui est la sœur ?

La fille s'approcha de moi et me regarda un moment :

— Spinoza.

— J'm'appelle pas Spinoza, j'm'appelle Julius.

— Spinoza, j'ai souvent entendu parler de toi. C'est inespéré, un adversaire de ta taille pour ma chasse de ce soir...

— Ta chasse ?

— Oui. Ma chasse... Carman me trouve et me ramène des victimes et, tard dans la nuit, je les abats, en bas, sur le périf.

— Comme ça ?

— Non. Après une longue course... Tu verras... Ce soir, c'est ton tour.

Ils m'emmenèrent en bas. Ils habitaient à deux dans un camion, sous le pont de la porte de Vincennes. Je remarquai plusieurs voitures en état de marche. Je décidai de ne pas sortir mon arme et de voir venir.

Ils me firent asseoir sur un siège de velours bleu, un canapé semblable à celui qui m'avait fait rêvasser, peu de temps auparavant. Le dénommé Carman ne me quittait pas des yeux et avait abandonné son fusil pour un revolver de gros calibre, qu'il avait posé à côté de lui, sur le bras du fauteuil. Il était juste en face de moi. Jaja, c'était son nom, sortit une bouteille d'alcool et but beaucoup en me parlant de ce qui m'attendait : elle me confiait une voiture, me laissait dix secondes d'avance et partait derrière, en voiture aussi, et armée. Et tant pis pour moi. Une fois, un type avait réussi à faire presque un tour complet du périf. Je rigolai intérieurement de tant de naïveté stratégique et je me grattai l'entrejambe.

— J'accepte avec joie, lui dis-je tout à coup.

— T'as pas à accepter, t'es obligé !

— Obligé... Obligé... rétorquai-je en sortant mon P .38 et en tirant sur Carman qui fut cloué à son fauteuil de surprise et de mort violente. Jaja cria, se jeta sur son compagnon. Je récupérai prestement le revolver du mort. Elle pleura doucement sur le corps étendu. Je tordis le canon du fusil de guerre. Puis elle se calma et me demanda ce que je comptais faire.

— Eh bien, nous allons nous livrer à ton occupation favorite... Mais je fixe les conditions, plutôt, je rétablis un peu mes chances.

Je lui fis donc prendre la place de ses chassés dérisoires. Elle partit dans une 504 quasi neuve, moi je pris une Mercedes un peu cabossée, mais en état.

Et, dans le petit matin, elle démarra. Je lui laissai une centaine de mètres d'avance et m'élançai à sa poursuite. Elle alla bougrement vite, connaissant le périf par cœur. Elle me sema assez rapidement, moi et mon mastodonte inexpressif. Aussi, je me suis arrêté et j'ai garé la Mercedes au milieu d'autres épaves. J'ai attendu. J'ai attendu longtemps. Vers midi, j'aperçus la 504 revenir, en marche arrière, tout doucement. Je rigolai et me planquai sous le tableau de bord. Elle dut croire que je l'avais laissée tomber, lassé. Et, toujours à l'envers, elle revint vers son campement.

Je démarrai en trombe et repris le périf en faisant hurler les pneus. Aussitôt, elle me suivit. L'erreur. Je réfléchis vite. Elle avait dû se trouver d'autres armes, sinon elle n'entamerait pas la poursuite. Elle ne força pas trop l'allure, car nous arrivâmes porte Brancion sans heurt. Là, elle accéléra brusquement et voulut me pousser. Je freinai en pilant et elle me percuta à l'arrière. Je me retournai et, tout en redémarrant, tirai trois coups de feu à travers la vitre arrière. Celle-ci explosa ainsi que le pare-brise de la 504. Jaja riposta et deux balles sifflèrent à mes oreilles, rasant de près mon occiput. Fini la comédie !

J'accélérai et freinai à nouveau, mais avant qu'elle me percute, je sautai hors de ma voiture et vidai mon chargeur à travers la portière de la Peugeot. Jaja ne bougea pas, assise à l'intérieur de son cercueil à roulettes. La vision de ses mèches brunes et de ses yeux verts était atténuée par la poussière passant au ralenti devant la vitre avant. Elle me regardait sans rien dire. Je rechargeai mon arme et m'avançai. J'ouvris la portière avec précaution. Jaja me regardait toujours, les larmes aux yeux, les bras ballants de chaque côté de son siège, un peu de sang coulant de son ventre et de sa hanche. Je me sentis gêné quand même. Je la pris tendrement dans mes bras. Elle gémit et me demanda de l'allonger sur le siège arrière. C'était comme la fin d'un film triste, d'un film d'aventures et d'action. J'embrassai ses lèvres douces et elle me rendit un baiser anormal, ouvert certes, mais sans profondeur, comme si ses dents faisaient barrage et sa langue écran.

— T'avais qu'à pas faire ça, lui dis-je.

— Un peu d'eau...

— T'avais qu'à pas faire ça...

— Je te demande pardon, Spinoza...

— J'm'appelle pas Spinoza, j'm'appelle Julius, c'est trop tard.

Je l'embrassai encore, j'y reprenais goût, aux baisers des femmes et à l'intérieur rose de leur corps. Elle ouvrit un peu plus la bouche, bougea la tête, comme pour se libérer, et projeta en moi son dernier souffle, effleurant mon palais d'un vent déjà mortel.

Je revins à l'appartement.

Momo et Crocs, inquiets, sourirent. Ils me présentèrent deux nouvelles recrues issues de Crash 69, Émile et Loulou, aux regards fuyants mais pleins d'histoires. Juste retour des choses.

RADIO CINQUIÈME INTERNATIONALE

COMMUNIQUÉ

Allô ! Allô ! Groupes de l'Ombre Scintillante ! La RCI vous présente ses flagellations et excuses ! Crash 69 notre Père Historique

nous a quittés hier, métalliquement empoubellé
par le groupe Connotations Laudatives. Gloire
à eux deux ! Ils poursuivent le mythe de l'hor-
reur maquillée en horreur !

Une minute de silence, le vent du siècle
souffle !

Le hurlement de l'ambulance résonne à mes
oreilles !

Heureux de vous rencontrer !
Devinez-vous mon nom ?
Sympathy for the devil !
En avant ! Groupes de l'Ombre Scintil-
lante !

TOILETTES D'ÂMES

FICTION SPINOZISTE N° 7

Après avoir maté, comme un ange déchu,
la mort de Momo, un autre moi-même, et
après avoir séché mes larmes amères, je suis
revenu vers les autres. Je leur ai annoncé la
fin de leur compagnon en termes mécaniques
et acerbes. Ils ne bougèrent pas, mais j'entendis les dents grincer. La tactique fut vite

adoptée. Nous étions persuadés que c'était le choc définitif avec Hegel. Nous n'étions plus que dix. Cinq d'entre nous allaient y passer, un par un, en essayant de semer mort et désolation, le plus possible, tout en évitant de donner sa vie à l'adversaire. Ensuite, nous ferions une percée, une attaque en masse, par le gué, plus bas, de nuit. J'avais ma petite idée sur tout ça.

L'énervement et la soif de l'angoisse ne les firent ni réfléchir ni répliquer. Ils acquiescèrent. On tira au sort les cinq premiers. Je sortis en troisième position. Nanar partit le premier. Il pleurait et me dit tout bas que cela lui rappelait la fin de son premier groupe. Il n'en avait jamais parlé. Je n'eus pas l'impudeur de le questionner. Il s'arma de son Mauser, prit deux grenades, engins qu'il avait piqués à un Stakhanoviste et dont il avait refait les goupilles avec du fil de fer. Il embrassa Depips, me regarda longtemps et dit :

— C'est le sort qui m'envoie à la mort, hein !

— Mais non. La mort n'existe que pour ceux qui la voient venir. En toi, je ne la vois pas, Nanar...

— Sérieusement, Julius ?

— Oui, sérieusement !

— Spinoza est le réel ! meugla-t-il.

Puis il s'enfonça dans les taillis. Je mis Denis et Gilbert en faction. Et puis nous nous assîmes en rond dans l'herbe chaude. Le mistral véhiculait dans le ciel de lourds nuages gris, et moi, haruspice de l'invisible, je n'y vis pas de présages. Dans le silence de l'après-midi torride, parmi les herbes craquantes et les insectes besogneux, nous attendîmes.

Puis des coups de feu claquèrent au loin. Un éclatement sourd de grenade, encore des coups de feu, une explosion, fouets dans la langueur languedocienne. Et plus rien, sinon le sourd lamento des champs de maïs proches. On attendit encore, mais Nanar ne revint pas.

Amédéo, le suivant, se leva, but une gorgée d'eau fraîche, tira une ligne et partit avec ses trois revolvers. Même attente muette, mêmes oreilles inquiètes tournées dans le même sens. Il dut causer un beau bordel car ça tirailla longtemps. La fin de la fusillade fut, cette fois, moins brutale, et des claquements sporadiques indiquèrent une fuite ou une indécision.

Vingt minutes plus tard, Amédéo n'était pas revenu, lui non plus. C'était mon tour. J'embrassai François et pris mes deux revolvers. Mes mecs me regardaient partir, gênés et impuissants. Ils n'aimaient pas que le sort leur enlève leur père.

— N'ayez crainte, je reviendrai. Riton me remplace à la tête de la FAS.

— Reviens, Julius, je t'en prie, dit Riton.

— Spinoza encule Hegel, rétorquai-je.

De citer Momo me donna comme un haut-le-corps. Je leur fis un clin d'œil et je m'éloignai. Je passai sur la colline comme la première fois, parmi les arbustes et les chênes verts. Quand je m'estimai assez haut, j'obliquai vers le Pont en espérant arriver au niveau du canal supérieur, celui où on peut passer. En effet, allongé dans le thym et le serpolet, je vis en enfilade l'ancienne conduite de pierre, recouverte de dalles énormes. Un type y était déjà, accroupi dans la fraîcheur. Qui ? Sans me faire voir ni entendre, je montai sur les dalles supérieures et m'approchai de l'endroit où était l'intrus. Par chance, une pierre manquante faisait un trou et je vis les pieds et le pantalon de quelqu'un d'assis. Je sautai, revolver au poing. C'était Amédéo. Salement amoché.

— Salut, dit-il. Vive Spinoza ! Quel merdier !

Je ne dis rien. J'attendais. Après avoir bavé un peu, il reprit doucement :

— Nanar en a eu deux et s'est fait plomber au bazooka. Il a un gros trou là...

Il essaya de me montrer où, mais le bras ne suivait pas.

— J'en ai eu un, je pense qu'ils sont huit ou neuf, je pense bien que... Nanar est tombé au bord de la falaise, dans les platanes, j'ai récupéré le Mauser...

Il ne parla plus. Il mourut. Je lui repris le fusil, témoin de notre relais de mort. En tombant sur le côté, il racla le mur avec sa veste.

RADIO CINQUIÈME INTERNATIONALE

COMMUNIQUÉ

Allô ! Allô ! Groupes de la Trépanation Maniaque ! La RCI vous infuse la vérité radio-électrique ! Les Jeunes Hégéliens, groupe de braves parmi les braves, jettent un défi minimal entre tous à la Fraction Armée Spinoziste. On les comprend, rien n'est plus attirant que l'approche des Grands, rien n'est plus beau que la difficile quête ! Gloire à ceux qui perpé-

tuent le degré zéro de la mythologie moderniste !

Vous pouvez voir tous les linges blancs qu'ils agitent !

Heureux de vous rencontrer !
Espérons que vous devinez mon nom !
En avant ! Groupes de la Trépanation Maniaque !
Sympathy for the Devil !

LE BLUES DU GOMMEUX

ICONOGRAPHIE SPINOZISTE Nº 6

Après la mort de Jaja K., je fus cloué au lit par une sorte de léthargie puissante, n'ayant plus le goût de la course et du sang. J'ai passé deux semaines à essayer d'écrire des phrases rimbaldiennes. L'Éthiopie était autour de nous et il me sembla urgent de parvenir à continuer l'œuvre du ringard de Charleville-Mézières. Mais je ne pus qu'aligner des tropes sans but ni loi, comme si notre temps morcelé me fractionnait la tête. Momo venait m'approvisionner et me donnait des nouvelles du reste de la FAS. Il me dit, par exemple, qu'Émile passait son temps à tout filmer en Super 8, mais qu'il n'y avait pas de pellicule dans sa caméra. Il me confia également qu'il s'était trouvé une compagne. En effet, il resplendissait d'amour mais semblait pâlir d'ennui. Signe des temps ?

Aussi, quand nous parvint, par la RCI, le défi des Jeunes Hégéliens, ce fut un soulagement pour tous. Nous partîmes tous un matin par l'autoroute du Sud, dégagée à présent par les Brigades Nationales, une nouvelle émanation des enragés du Nouveau Pouvoir d'État. Leurs miliciens nous laissèrent passer en nous recommandant de ne plus revenir en la capitale qui serait bientôt néfaste pour des individus de notre anarchiste acabit. Se faire traiter d'anars ! La nouvelle coercition était en place...

Hegel, on se démerderait pour le trouver...

En fait, ce sont eux qui nous coincèrent. Dans un Jacques Borel, sur l'autoroute. Ces anciens restaurants où l'on dégustait de l'innommable, servaient maintenant des soupes populaires. Un public disparate venait y prendre le brouet social. C'étaient des voyageurs, encore, et des gens des alentours qui n'arrivaient plus à s'approvisionner. Les comiques qui faisaient tourner la tambouille ressemblaient furieusement aux anciens défoncés de l'Armée du Salut, la casquette en moins. Mais le chaudron maléfique était toujours là. On s'y était donc arrêtés, pour rigoler un peu. Hegel nous coupa le rire dans la gorge. La surprise joua, et un seul tir de bazooka pulvérisa la moto d'Émile et de Loulou, nos plus récentes recrues, les réduisant en une pluie de sang et d'humeur vitrée. Notre salut résida dans la fuite, Riton, avec son F.M., ayant arrosé copieusement les alentours. Nous roulâmes toute une nuit, traversâmes Lyon déserte et déprimée, et nous nous calfeutrâmes quinze jours à l'intérieur des raffineries de Feyzin, dédale de ferrailles noires et tordues qui nous offrait le refuge idéal. Ce fut là que nous primes goût aux enchevêtrements de métal et aux lieux en forme de décharge. Ce genre d'hôtel nous colle encore aujourd'hui à la peau.

Là, nous recrutâmes, au hasard d'un ravitaillement, cinq membres hurlants de haine et de terreur suicidaire d'anciens Hells, les Norton Dell'Orto Angels, de Vienne, qui, faute d'ennemis à démolir, acceptèrent de former notre arrière-garde de campagne. Les relations avec leur ego surpuissant, que je pensais difficiles, ne le furent point. Il eurent tout de suite le sens de la meute. Et j'en étais le plus grand chien. Hegel nous attaqua un matin dans la raffinerie, mais, confondant sémiotique et stratégie, ils perdirent cinq de leurs sbires immondes, dont deux par mes soins attentifs. Jimmy, des Norton, fut tué en voulant se farcir à lui tout seul la bande de néo-gauchistes, je le reconnais, nettement supérieurs, quand même, à l'inculture. L'Esthétique ne résidant, pour lui, que dans le carburateur de sa moto, il fut haché par une mitraillette. Une Kalachnikov sûrement. Les traditions demeurent.

Feyzin n'étant plus qu'un trou à rats, et ces Hégéliens de merde étant supérieurs en nombre, la fuite reprit. Corneille m'envahissait la tête. Je jouais les Horaces, sauvé par ma connaissance des classiques.

À Romans, on tirailla sur les milices. Grenoble nous parut sinistre et néo-enfliquée. Digne n'était pas le Yunan, mais un trou à rats. On s'installa à côté, à Norante, un village défendable et tactique : de là, on pouvait attaquer et résister. On pouvait surtout s'y reposer. La nature alentour était grise et glauque et sembla convenir à notre état d'âme. Les grandes ardoisières sombres et coupantes me firent penser à des énormes corps caverneux

L'Idéal clausewitzien. On mit un mois à amadouer les ploucs du coin, barbus et sympathiques, mais débiles, le genre anti : antiviolent, antimilitariste, antifasciste, antistalinien, antigroupe, antique. De Norante, nous pûmes faire des incursions à cinquante kilomètres alentour, cherchant Hegel. Nous savions qu'ils nous suivaient. Eux, savaient que nous savions.

Nous les aperçûmes plusieurs fois, et il y eut quelques escarmouches sporadiques qui ne firent ni victime ni tableau de chasse. Je me rendis compte qu'ils n'avaient aucune peur, mais aussi aucun plan, aucune vue large de la situation. Il fallait les laisser venir à nous.

Un jour, alors que nous rayonnions autour de Digne, il nous est arrivé une étrange aventure. Nous roulions à tombeau ouvert sur la route Napoléon, sinueuse et haineuse par temps de pluie, calme et trompeuse sous le soleil. Après un vert carrefour, un homme, au loin, se tenait au milieu de la chaussée, gesticulant. Nous nous sommes arrêtés immédiatement, assez loin de lui. Amédéo et Gilbert se sont enfoncés dans les fourrés, pour parer une embuscade éventuelle. Riton tira quelques rafales dans la nature de part et d'autre de la silhouette, qui, aux coups de feu, répondit par des cris inarticulés et se recroquevilla par terre, épouvantail ayant perdu son tuteur vertébral.

Je descendis du camion quand mes deux éclaireurs revinrent et me rapportèrent que rien d'anormal n'était à signaler. J'avais senti que cet homme avait des choses à me dire. Aussi allai-je au-devant de lui. Mes bottes résonnèrent sur l'asphalte fendillé. Je m'arrêtai à un mètre de cet inconnu, toujours prostré, la tête entre les mains. Momo vint me rejoindre en me demandant s'il fallait dégager cet obstacle humain.

— Retourne avec les autres, ce tas de chair a à me parler.

Momo partit. L'homme releva la tête et me regarda d'un œil polyphémique. Il était sale, mais son visage avait la noblesse et l'intensité de celui des prophètes. Il parla de sa voix sourde :

— Tas de chair ? Ne suis-je pas humain, Spinoza ?

— Tu connais mon nom, caricature ?

— Oui. Je te cherche depuis longtemps, Julius. Car je veux que ce soit toi qui recueilles, avec égards, les paroles qui vont fuser de ma bouche...

— Je t'écoute, mais fais vite, car le temps est contre moi.

— On me nomme le Gommeux. À Marseille où, sur la place publique, je prêchais le renouveau par la Littérature, un petit merdeux m'a assuré, en me mettant un couteau sous la gorge, que seul toi étais capable de m'entendre. Pour lui, c'était de l'ironie, mais j'ai eu la faiblesse de le croire. En ces temps de débâcle, on s'accroche facilement à des prophéties. En plus, il m'a donné ceci pour toi.

Il me tendit un vieux papier froissé où étaient écrits ces quelques mots :

> *Julius, Spinoza de mes fesses,*
> *Carlo Ponti te pisse dessus. Bois !*
> LE NIAIS

Je déchirai pensivement le papier. J'ai juré qu'un jour je sodomiserais cet iconoclaste. Le vieux me parla :

— Vois-tu, Spinoza, cet homme méchant du cœur m'a dit que tu me prendrais sous ta coupe, comme les mécènes de l'ancien temps. Je suis à présent sûr que ton rêve secret et intime est de devenir le Laurent de Médicis de nos années pauvres, je suis sûr que tu me laisseras parler de la Littérature en toute force et liberté, pour montrer aux gens que l'Écrit est la vie et l'avenir, qu'il vaut mieux que nos angoisses se couchent sur le papier que contre le corps de nos semblables...

— Mais de quoi parles-tu ?

J'étais épouvanté par la naïveté de son propos.

— Mais je parle de la Littérature ! cria-t-il.

— De quoi ?

Le type me regarda, complètement affolé :

— Mais, Spinoza, les romans ! On m'a dit tout le bien que tu pensais de Broch, de Gadda, de Joyce, de Chandler, de Cain, de Spinrad, enfin quoi, de tous ! On m'a dit que tu les défends les armes à la main !

— Non, vieil homme, on t'a trompé ! Ne m'intéressent que les Lettres Stratégiques. En ce sens, Joyce, Lowry, Gadda et les autres me parlent. Mais je me fous de la Littérature comme de la première petite culotte de Flaubert...

— Ah !

Il avait l'air désespéré.

— Mais tu ne défends pas le souvenir de tous ces auteurs ?

— Non. Que ceux qui ne sont pas déjà morts crèvent ! Que les autres naissent...

— Ah !

Il sortit précipitamment un revolver de sa manche. Je ne bougeai pas. Je sentis ce qu'on devait sentir dans ces cas-là : la mort prochaine. Il me regarda longtemps dans les yeux :

— C'est dommage que tu n'aies pas la culotte de Flaubert, Spinoza, sinon tu chierais dedans, de trouille...

— Pas de trouille, l'écrivain, pas de trouille. Mais de dépit pour l'erreur de m'être livré à toi, Gommeux...

— T'en fais pas, ce n'est pas pour toi !

Et il tourna le canon vers lui, l'enfourna dans sa bouche et se suicida.

Je contemplai son cadavre à tête écarlate. Je ramassai son arme. C'était un magnifique Smith & Wesson à crosse nacrée.

Un matin, le grand choc et la grande erreur. Hegel attaqua Norante. Je fis en sorte que les Spinozistes ne participent pas à la fusillade au premier rang. Les Hells donnèrent l'assaut comme des perdus, genre règlement de comptes à O.K. Corral. Ils déployèrent une telle énergie et eurent tellement de chance, qu'ils anéantirent tout de suite quatre Hégéliens, semant pagaille, terreur et tristesse infinie. Quand ils revinrent, suants de joie et souriants de haine, ils avaient laissé deux de leurs potes sur le carreau. Nous attaquâmes alors de tous côtés, sûrs de notre invulnérabilité, mais profitant en fait de la désorganisation des adversaires.

Ceux-ci décrochèrent, laissant encore un de leurs membres puants sur le pré, tué par la balle sortant du canon de mon propre Smith & Wesson. Les rôles furent renversés : de suiveur, Hegel devint suivi. On les suit toujours. On vient juste de les rattraper.

Les deux Hells restants entrèrent à part entière à la FAS. Le soir, ils parfirent leur culture grâce à nos soins attentifs. Denis le saxophoniste miracle, et Gilbert qui avait réussi à récupérer la Kalachnikov sur un cadavre esthéticien. Depuis, nous sommes des avides en marche.

FINALETIK

FICTION SPINOZISTE N° 8

En sortant du tunnel formé par la conduite supérieure du Pont du Gard, j'essayai d'avoir une vue générale des environs. Hegel était là mais il n'y avait que des traces, pas de présence. La moto et Momo, couchés sur la route. Une large traînée noire et des jambes dépassant d'un mince fourré, plus loin, un ennemi, sans doute. Je cherchai le corps de Nanar, en aperçus l'emplacement mais je ne vis pas le reste de sa carcasse spinoziste. Trois morts dans nos rangs, contre six, ça cartonnait dur. C'était la phase finale. Ultime. Merveilleuse. Blanche et étincelante comme le chapitre final de Gordon Pym.

Je m'assis par terre, allumai une cigarette, et attendis. De là où j'étais, on ne pouvait me voir et j'avais plusieurs possibilités de repli. Et je pensai à ma vie. Au bout d'une heure et demie, le soleil commençait à mordorer dur et à me filer un mal de tête latent. Sous cet astre de merde, le cerveau fondait et je me craquelais.

Soudain, le ronflement familier du Magirus. Puis, la montée vers le Pont, son rugissement. Je souris, j'avais compté sur cela. Mes mecs, ne me voyant pas revenir, avaient craqué, avaient, de peur, décidé de ne plus se séparer. Ils attaquaient en masse, de front.

Le camion s'arrêta juste sous le Pont et Depips descendit pour écarter la Guzzi de Momo qui barrait la route, panneau symboli-

100

que : impasse. J'aperçus dans la cabine Carlo, qui conduisait, et Régis. Dans la benne, Riton était convulsé sur son F.M. et Denis était allongé à même l'acier. Dès que la moto et le mort furent poussés sur le côté, il redémarrèrent. Les imbéciles, il apparaissait nettement que le Tacticien n'était pas avec eux : ce déblaiement puritain leur avait fait perdre du temps et les avait annoncés. Momo n'était plus qu'un amas mort de chair et d'os, il fallait passer dessus, son âme ne s'en serait jamais offusquée.

Le camion ne fit même pas dix mètres. Il fut stoppé net par un tir de bazooka. Il y eut un éclair dans la cabine et beaucoup de fumée. Deux Hégéliens sortirent des fourrés. Riton les assaisonna de son fusil-mitrailleur, en tua un. L'autre arriva jusqu'au camion, se servant du bouclier de fumée noire. Denis escalada la cabine en feu et le tira à bout portant. Puis il ressauta dans la benne.

Riton et lui essayaient de déménager la mitrailleuse, quand une grenade leur arriva dessus. Exit général. Nom de Dieu ! Une grenade ! Celle de Nanar, ce con. Terminé pour cinq Spinozistes et leur camion magique.

Je vis le lanceur fuir le long de la galerie intermédiaire du Pont du Gard. Je le cueillis avec le Mauser, en pleine course, comme au tir forain. C'est la fête ! Il fit un vol plané directo les hotus et les chevennes du Gardon. Grand style, belle mort pour un petit homme ! Mais, en tirant, j'avais révélé ma position. En m'enfuyant vers le Pont, je réfléchis à la situation générale. Très dur. Au dernier contact, cinq Spinozistes contre trois Hégéliens. Échange de pièces, mais je perdais fou, tour et reine. Restaient François et Gilbert, tous deux invisibles mais sûrement présents.

Je me montrai bien en vue, fuyant, et, tournant dans les arbustes, je revins à toute vitesse vers les ennemis sans me faire voir, courbé dans la nature. Je descendis ainsi presque toute la hauteur, et me retrouvai près de la route, juste au moment où un Hegel la traversait, allant vers moi pour se mettre à couvert ou me poursuivre. Je le laissai venir, souffle coupé, et l'abattis à bout portant, lui mettant au visage un masque de surprise, de souffrance et de néant. Une ère de rapidité.

Je criai à pleins poumons : « Spinoza ! »

J'étais sûr à présent que deux visages s'éclairaient, plus loin, quelque part, dans les chênes verts, les aubépines et la garrigue. La DS réapparut tout à coup, assez près, quatre types à bord. Je tirai mais elle était trop loin pour. Ils fuyaient. Sur la route, au fond, juste avant le tournant libérateur pour les aspirations hégéliennes, déboucha Gilbert. Il avait dû passer par le gué. Il se planta au milieu de la chaussée en déchargeant sa Kalachnikov sur la voiture qui fonçait sur lui. La DS le percuta, passa dessus et cogna, folle, sur la falaise bordant la route. Je courus vers elle, sans prendre de précaution supplémentaire. Deux Hégéliens sortirent du véhicule aplati et immobilisé. Les deux autres avaient été passoirisés par Gilbert. Je tirai en pleine course, en tuai un, le métier entrait, l'autre me visa avant que je puisse recharger la culasse. Je sautai dans le fossé. Il en profita pour essayer de se mettre à l'abri. Pour s'enfoncer dans les broussailles, il escalada le remblai pierreux.

François était là, debout, le regardant venir vers lui, démoniaque et impénétrable. Il lui tira ses deux cartouches de chevrotines au visage. Le Jeune Hégélien plongea en arrière, souleva un petit nuage de poussière, se tortilla un peu et mourut.

Fini Hegel.

Mes oreilles résonnaient des détonations, puis, petit à petit, le silence revint, et les oiseaux, et le bruit du Gard, et le vent dans les arbres. François tremblait, je m'approchai de lui, l'aidai à descendre du monticule où il se trouvait. Il m'étreignit. Je lui embrassai la bouche fougueusement.

Spinoza avait encore vaincu.

Mais la Fraction Armée Spinoziste était portée manquante. Et puis, tout à coup, la descente, l'horreur, la puanteur du sang et de la cordite, la vision atroce de la mort de l'homme, la détresse de la douleur, la haine inutile. Cela ne fait rien.

À deux, maintenant, nous allons fuir. Thorez Rouge va nous poursuivre comme des chiens enragés, d'ailleurs ce sont des chiens, mais on va voir. Cela serait bien le bout du monde si ces stals étaient capables de coincer Spinoza ! Et puis tout va bien : j'ai regardé mes bottes. Pas d'accrocs importants. Bien sûr le lézard mauve est couvert de poussière, mais, en dessous, c'est bien lui. Ce n'est pas l'idéologie signifiée qui nous pousse au meurtre organisé, mais plutôt l'idéologie signifiante. Pour certains, cela dévalorise nos luttes, pour nous, c'est la seule justification.

Nous avons commencé à récupérer sur les cadavres ce qui allait nous aider à survivre.

RADIO CINQUIÈME INTERNATIONALE

COMMUNIQUÉ

Allô ! Allô Groupes de la Juste Image et de l'Image Juste ! La RCI vous emplit la tête de son et de fureur ! Les Jeunes Hégéliens et la Fraction Armée Spinoziste ont rejoint mutuellement l'éternité, lors d'un grand flash ultraviolet ! La mort appelle la mort ! Le sang reflète l'âme ! Et le champ couvert de morts sur qui tombe la nuit ressemble au napperon de l'Indicible ! Deux groupes de moins, vingt groupes de plus, dont Irradieur Soviétique, des durs, des mous, de sombres éclairs !

Hope you guess my name !
En avant ! Groupes de la Juste Image et de l'Image Juste !
Sympathy for the devil !

SATAN À LA PARANO

FICTION POÉTICO-SPINOZISTE Nº 9

Dès que l'esprit de combat et de permanence de vie me revint dessus, J'écrivis le texte suivant que je collai sur la benne du Magirus :

Thorez, étant le seul survivant de la guerre hégélienne, je ne suis plus un groupe. Si tu désires toujours voir l'intérieur de ma raie des fesses, rejoins-moi à Marseille où je m'intercale au sein de Carlo Ponti.
Vive Spinoza !
Si tu veux faire quelque chose qui te va bien, enterre-moi tous ces cadavres. Spinoza t'embrasse et se lave la bouche. Julius.

Et nous sommes partis récupérer la Guzzi. En revenant sur les lieux du massacre final, je me suis arrêté et j'ai regardé, une dernière fois, les corps. Momo et les autres. Calcinés ou déchiquetés. Morts à la vie. Vivants au mythe.

Le petit vent couchait la fumée noire qui émanait encore du camion. Une main blanche et intacte sortait du brasier de la cabine. Je n'osai penser à qui elle appartenait. Dans les silences et les craquements de l'acier surchauffé qui claquait, j'entendis soudain des ronflements d'automobiles, loin sur la route. Thorez n'était pas loin. Les corbeaux arrivaient. Nous nous sommes enfuis silencieusement. Un peu au hasard, nous sommes allés jusqu'à Collias, petit village au bord du fleuve, gardant fiévreusement des gorges tranquilles et sauvages. Nous avons caché la moto sous des feuillages et nous sommes partis nous promener le long du Gard. Après deux ou trois kilomètres sur des dalles asséchées, nous nous sommes arrêtés sur une grève abritée de l'astre puant par de vieux arbres. Soleil et fraîcheur. Eau et feu. Il fallait se laver de l'impureté du meurtre et se débarrasser de l'image spinoziste qui nous collait encore à la peau. Nous nous sommes baignés nus dans l'eau froide, séchés au soleil brûlant. Nous avons baisé sur les graviers, et j'ai bien aimé les muscles chauds de François. Je me suis coupé les cheveux. Ils sont à présent noirs, leur vraie teinte. Nous avons foutu le feu à nos habits antérieurs. Je n'ai gardé que mes bottes. Notre dominante vestimentaire était blanche, manifestant une sorte de pureté symbolique. Nous avions l'âme tellement sombre !

J'en ai marre de raconter

je vais livrer un peu de mental

appelez cela comme vous voulez poésie pâtisserie lamentable

ou honte, je m'en fous

à deux sur la Guzzi, François derrière, Mauser en bandoulière,

cela fait de la place pour mes deux revolvers

dont les canons me pressent les couilles

le vent passe chargé de Spinoza, Spinoza meurt à 9/11

moi et François nous fonçons sur Marseille Carlo Ponti

que son ventre dégueulasse explose !

n'a qu'à bien se tenir

mon apparence n'est plus noire mais blanche

Super Croix 80

les habits neufs du président Julius

mes cheveux courts ne s'intercalent plus au vent

clean d'apparence

mais mon cortex cérébral s'opacifie s'obs
curcit se noirâtrise
je ne sais plus où j'en suis
à qui j'en veux
le manque de cible me pèse
le Niais
cet imbécile sidéral
est à la tête d'une trop grande troupe
je n'en veux qu'à lui, pas aux autres ce la
m'ennuie
de la stratégie et de la tactique
nous allons passer à la guérilla
honte sur nous
qui sommes obligés de nous cacher
à présent
insectes parmi les insectes
dards parmi les dards
le poison viendra de l'ombre
Carlo Ponti se sentira un jour violacer
il crèvera comme tous ceux qui ont crevé
face à Spinoza
cela sera difficile
non
pas difficile
ils ne sentent pas venir l'ennemi
ils ne sentent pas l'indicible
ils l'ont dans leurs peaux
déjà nous les rongeons

le Niais, je vais lui envoyer une lettre
ça lui apprendra d'avoir entamé une con-
versation épistolaire
ce con
ce gros con
et il va trembler dans sa chambrette
et il va voir Spinoza
partout
il lira dans les yeux de ses sbires
de fausses trahisons
ceux-là seront suicidés avant d'être vraiment traîtres
n'importe comment ce sont des traîtres
on ne sert pas le Niais
il ne pourra plus marcher dans les rues
les murs auront des oreilles spinozistes
il lui faudra les abattre
mais je ne connais même pas son adresse
le Niais, Marseille, les PTT n'existent plus
je régresse
la moto avance dans l'air chaud
la Provence sent le cadavre
la légendaire sérénité de cette nature ne
m'inspire pas
elle me donne envie de vomir
chaque pierre est un cadavre
chaque cyprès un malade
et tout en roulant à 131 km/h chrono

je dégueule
François évite, et le peu de vomi
qui me colle à l'épaule
sera le témoin journalier
de ma haine envers le peuple humain
ce n'est pas moi qui ai commencé
ils n'avaient qu'à l'éviter
le merdier
ils n'avaient qu'à
c'est bien fait, à eux d'en chier
François me demande de m'arrêter
je m'arrête, il descend, me regarde, pleure,
me demande pourquoi,
pourquoi on continue cette course folle
à quoi bon
partons, Julius, isolons-nous
refaisons à deux un faux monde
Adam et Adam
l'Humanité n'a rien à craindre
il n'y a pas de procréation dans l'air
on trouvera bien un petit coin
à racketter
tranquilles, pépères
et quand les flics reprendront le bâton
et les autres la carotte
on verra
les banques ou le boulot, la mort ou la
survie

mais ne mourons pas tout de suite
tire-toi si tu veux, lui dis-je
je continue
la Guzzi ne s'arrêtera plus
tant que le Niais transpirera de chaleur
et non de trouille aux membres
je n'aurai pas de repos
il est la juste fin du cercle vicieux
où je me débats
avec lui ou moi finira la quête
François me demande si je l'aime
je lui dis que je hais le Niais
il me demande de lui permettre de partir
j'acquiesce, je pleure aussi
nous nous serrons la main
le retour d'un officiel qui n'existait plus
Spinoza, t'es un connard, tu refuses la vie,
me dit-il
je ne lui réponds pas
qu'il est lâche de croire encore au bonheur
il part
François part
marchant à travers champs, son Mauser à
la main
vision de la guerre de 14
le Chemin des Dames
le seul survivant de la tranchée 22
la Guzzi retremble à nouveau entre mes cuisses

et m'emmène vers le sordide, à ronflements
feutrés
je suis seul maintenant
face à mon histoire

ARMÉE FRANÇAISE 1re DIVISION
3e BRIGADE, PARIS
COMMUNIQUÉ

*Nous demandons aux citoyens civils et aux
membres des milices de sauvegarde et de protection d'interdire, par tous les moyens qui
sont en leur possession légale, les agissements
de divers groupes armés terrorisant la population et se livrant au pillage, répondant à des
idéologies extrémistes fascisantes. Ces groupes,
aux noms divers, doivent être arrêtés dans
leurs destructions ou leurs déprédations. Ils
sont dissous par décision du Conseil d'État-
Major, et déclarés hors-la-loi. Tout citoyen a le
devoir d'aider les corps responsables émanant
de l'Armée ou des Milices.*

*Notre société doit continuer à renaître dans
le respect de la démocratie.*

Vive la Nouvelle France !

SPINOZA FOR EVER

TERMINAISON SPINOZISTE Nº 10

Ce texte, je l'ai lu placardé sur les murs, à la sortie de l'autoroute pénétrant au cœur de Marseille. Cela m'a fichu un coup au poumon gauche. La liberté s'en allait en lambeaux. Les corps étatiques, en ayant fini avec les cadavres, pouvaient à présent se coltiner avec les vivants. Les anars d'abord. Nous. Les autres. Ceux qui sont en marge. Ailleurs. Dehors.

Ce fut bien étrange d'entrer dans un café, institution qui n'avait pas disparu dans cette ville. Mais les mœurs commerciales avaient muté. Il fallait discuter le bout de gras avec le patron et échanger — troc insolite — un objet personnel contre un coup d'alcool. Dans les sacoches de la moto, j'avais gardé ma ceinture de croco, contre laquelle je pus avoir une bouteille de Chivas et une bouteille de Saint-Yorre. Je m'installai en terrasse, pas trop en vue, on ne sait jamais : voir débarquer le Niais et son cortège de goules matérialistes aurait plus tenu du cauchemar que de la surprise rêvée.

La déprime causée par la mort de la FAS et le départ-fuite de François se dilua un peu dans les chaudes gorgées de liqueur brune. Je pus faire le point, inventaire personnel, idées reçues et matériel entassé.

Il me restait la moto, deux armes et des munitions, un couteau, un jerrican d'essence, quelques habits de rechange, une montre, un peu de cocaïne et d'amphés, du pansement et un livre de Spinrad, *Le Chaos final*. J'étais bien, assis sur la chaise de rotin, les pieds au soleil, la tête protégée par une fausse vigne vierge en plastique, regardant la place, devant moi, où quelques gens flânaient, peureux mais visibles, comédons enfiévrés sur une joue en feu.

Le temps passa, se liquéfiant. J'essayai de me souvenir de l'effervescence des grandes métropoles urbaines. Je n'y parvins pas. Marseille, peut-être un peu plus épargnée que les autres, semblait avoir acquis une vivacité peu commune. Pas mal de bagnoles, pas mal d'activité apparente. Beaucoup de gens, avec l'accent et la pépie, qui ersatzaient la ville.

Je vis arriver un étrange jeune homme, tout habillé de jaune citron, avec des badges scintillants lui brillant sur la poitrine. Il s'assit à côté de moi, me regardant sans aménité, curieux peut-être. Je remarquai, quand il se tourna, que les mots « Silver Shadow » étaient peints au pochoir à même la toile de sa veste. C'était la marque générique d'une série de Rolls-Royce. Il devait connaître Carlo Ponti ou en faire partie. Le Niais était un trop grand fanatique de ce genres de bagnoles : s'il avait pu se faire arranger la gueule en forme de calandre au fronton néo-grec, il l'aurait fait. Son cas se situait aux limites inabordables de la névropathie.

Comment faire pour draguer ce bel adolescent, sans rien lui dire, sans lui faire soupeser la moindre once de mon identité ? La simple politesse n'était plus de rigueur, la méfiance régnait en maîtresse et agitait ses fouets de cuir au-dessus des moindres sympathies. Perdu dans mes pérégrinations intérieures, je ne dus pas contrôler les ondes de pensée que j'envoyai dans son dos. Il se retourna et me regarda. Pensant à autre chose, je soutins son regard sans m'en rendre compte. Pour lui, cela dut représenter comme une sorte d'examen de passage. Et, sauvé, c'est lui qui me parla :

— Pourquoi tu me regardes comme ça ?

Il avait l'air agité à l'extrême, sous trip, ai-je pensé.

— Bof... Pour rien. Ce n'est pas tous les jours que l'on voit des gens bien dans leur peau...

Je faisais la pute, extrêmement.

— Je ne suis pas bien dans ma peau, je suis bien dans mon groupe !

Ça, c'était le bouquet, j'étais tombé sur le vantard, le naïf, l'imbécile.

— Ah ! C'est la première fois que je vois un membre de groupe. Moi je voyage seul. Maintenant, je m'ennuie... et puis les groupes... Les chefs, et tout...

— Non ! Nous n'avons pas de chefs, mais un guide !

— Dans ce cas... dis-je ironiquement.

— Te fous pas de moi, tu pourrais te retrouver égorgé avant même de penser à inspirer...

— Sois sage !

Le type me regarda, hébété, planter mon Pradel dans le bois de la table. Il réfléchit, étonné de n'avoir pas été plus rapide que moi, réfléchit encore et rit de bon cœur :

— Toi, tu me plais ! dit-il.

Le style Gabin maintenant ! Tout y passait Du réalisme populaire.

— Tu n'as qu'à venir demain soir à l'Alcazar, continua-t-il, on donne une petite fête, si tu plais, tu entreras dans notre groupe, si tu le veux bien sûr, voyageur solitaire et glacé...

Il rit.

— Il s'appelle comment, ton groupe ?

— Carlo Ponti, un Italien qui... mais tu ne connais pas...

— Non, je ne connais pas... C'est demain soir ?

— Ouais, une petite fête rituelle...

— O.K. À demain !

Et je partis, calme et reposé de l'âme. Je me suis promené dans Marseille. J'ai vite repéré différents membres de milices locales, avec leurs brassards genre S.O., et leur faciès de débiles sociaux. L'État, c'est l'autisme. J'avais un regard tout à fait bettelheimeux sur la société des gens.

J'ai suivi deux miliciens qui m'avaient l'air bien digne. Des mecs en mission, ai-je pensé. Ou au travail. On verra bien. En fait, ils m'ont mené jusqu'à leur corps de garde, un ancien commissariat de quartier remis à neuf et barré par un énorme calicot où était inscrit en lettres rouges : Comité de Sauvegarde et de Protection. Les vaches.

118

Je suis entré dans cet hôpital moral et me suis tout de suite heurté à un planton armé comme un cuirassé, béret et foulard de la même couleur que son brassard. Bonjour les petits enfants ! On ne passait pas, sans raison valable.

— Je voudrais converser avec un responsable de votre organisation, ai-je émis. S'il vous plaît, monsieur, ai-je ajouté.

— Oh ! Pas d'humour ! a répondu méchamment le sbire. L'humour est réservé aux gens heureux. Ce n'est pas le moment...

Philosophe, le mec. Il me regarda, me jaugea, et me dit :

— Raison ?

Les néo-flics devenaient lapidaires.

— Écoute, Action Man, si ton chef apprend que tu m'as empêché de lui communiquer ce que j'ai à lui dire, ça va barder pour ton matricule et tu vas te retrouver à la circulation.

Le type soupesa mon humour, apprécia la note nostalgico-historique, prêt à me tomber dessus. Puis, il me fit signe de le suivre. Nous traversâmes plusieurs salles remplies à ras bord de sales types. On aurait dit une mise en scène brechtienne d'une pièce de Barillet et Grédy. Nous entrâmes dans une pièce encombrée de tas de bricoles, dont un téléphone de campagne, un bureau recouvert de papiers et un militaire, gradé. C'était donc ça. Mon planton me tenait en joue, prêt à me transformer en catafalque. Le gradé leva le nez de ses papiers, m'étudia de son œil aviné, les traditions subsistent, et demanda :

— C'est quoi, ça ?

— Ça, c'est moi, répondis-je avec un sourire hollywoodien style mitchumeux. Je viens vous donner quelques renseignements qui vont vous mettre dans vos petits souliers, si vous permettez que j'use de cette expression qui n'a rien à voir avec votre uniforme...

— Fais le charlot et tu vas bouffer du plomb...

— Voilà ! m'écriai-je, vous me traitez comme un objet ! Je vais m'en aller, vous savez, et vous ne saurez pas ou se réunit Carlo Ponti...

— Ah ! cria le type, comme si on ne le savait pas !

— Où ils habitent, vous devez le savoir, mais vous ne pouvez pas y aller, vous n'êtes pas assez nombreux. Par contre, demain, ils donnent un petit raout à l'Alcazar, et, si vous vous trouvez sur place avant eux, vous avez une petite chance de les dégommer définitivement et à vous la gloire ! Je suppose que c'est une chose que vous désirez fortement, non ?

— C'est un piège, coco ?

— Mais bien sûr ! Allons donc ! Écoutez...

Je m'avançai vers la table et mis les deux mains sur le bureau, la droite près d'une lourde lampe en métal.

— Écoutez, je ne suis pas assez crétin pour me jeter ainsi dans la gueule du fauve, mais...

J'empoignai la lampe et la fracassai sur la tête du sbire qui emporta dans son rêve d'assommé mon image flamboyante de rapidité. Dans le même temps, je sortis mon Smith & Wesson et le collai sur le front bas du militaire. Qui blanchit. D'une voix tout aussi blanche, je lui dis ceci :

— Je suis Spinoza. Le Grand. Je hais Carlo Ponti pour des raisons qui ne peuvent être comprises par tes circonvolutions attardées. Je te les livre. Tu les as au bout de tes doigts boudinés. Tu les veux, je te les donne, c'est simple et net. Pour cette seule occasion, nous sommes collègues, toi et moi. Si ça marche, gloire pour toi, satisfaction intime pour moi. O.K. ? Militaire de mon cœur ?

Il déglutit :

— D'accord, je vais en référer à...

— C'est ça, réfère.

Le sbire assommé recommençait à remuer ses extrémités.

Je le regardai, pensif. C'était la première fois que je tapais sur la légalité reconstituée. Mauvais signe, le commencement de la fin. Je sortis avec le militaire qui, d'un geste, calma les ardeurs guerrières des cosmétiqueux se trouvant dans le commissariat. Je m'enfuis dans les petites rues de la Naples française. Puis, je cherchai l'Alcazar. Je l'ai vite trouvé, ce vieux trésor rococo qui, avec un peu de chance, allait devenir le cimetière de mes dernières envies.

Le lendemain, dès dix-sept heures, je me suis installé dans un appartement situé en face du théâtre. Les rues de la ville étaient pleines, les maisons étaient, elles, inexplicablement, vides et désertes. Et je me suis mis patiemment à mater. Je n'ai pas vu les militaires et autres milieux investir le lieu. J'ai supposé qu'ils y étaient déjà. Il y avait peut-être d'autres voies d'accès. D'autres entrées. Donc, d'autres sorties. Il y avait trop de failles à ma stratégie et cela me donna des inquiétudes qui avaient le goût de l'erreur. On verrait bien.

Vers vingt heures, j'en étais à ma deuxième boîte de speed. J'avais besoin de me calmer.

J'étais suicidaire. Je vivais les derniers moments de ma belle vie. Ma solitude inattendue me faisait commettre trop de bévues, et le cours des choses ne répondait plus à la capacité d'analyse de mon cortex. Les Carlo Ponti sont enfin arrivés. Ils étaient fort nombreux, une quarantaine. Ils sont sortis de l'intérieur de voitures luxueuses et de Rolls cabossées, en habits chatoyants, strass et paillettes, armes en grande quantité. J'aperçus le Niais qui donnait des ordres à des roadies qui déchargeaient une grosse sono. Un générateur arriva, sur un camion déglingué, magnifiquement conduit par un éphèbe longiligne vêtu entièrement d'argent. Ça frimait dur. Ils entrèrent dans l'Alcazar. Deux guetteurs restèrent dehors, mitraillettes au poing, visibles comme des paons en rut au milieu d'une assemblée de syndicalistes responsables. Dix minutes passèrent. Une voiture arriva à grande vitesse, des coups de feu claquèrent, et les deux gardes Crash s'écroulèrent sur le trottoir. Le vaudou était en marche. La danse commençait. Je me suis habillé à toute allure, ai pris mes deux revolvers et suis descendu, le cœur battant aux tempes. Je me suis planqué derrière la porte d'entrée de l'immeuble, armes à la main, sacoche au dos. La

Guzzi était garée devant, trois mètres plus loin. Je suis sorti mettre le contact. Elle ronronna sur sa béquille. Personne ne me remarquait. Maintenant, il fallait compter sur énormément de chance.

Des échos de fusillade me parvinrent. Feu nourri, morts en nombre, ai-je pensé. Les miliciens auraient peut-être le dessus, mais y laisseraient les plumes de leur pelage nauséabond. Un type sortit en courant, se tenant l'épaule, un Pontiste, et voulut grimper dans le camion. Il fut abattu sans autre forme de procès par les miliciens. Socialisme ou barbarie ? Barbarie ! Trois autres pailleteux sortirent en trombe, tirèrent immédiatement sur les shérifs locaux, à bout portant. Le spectacle de l'inexactitude et de l'improvisation. Aussi, les deux miliciens et deux Crash tombèrent sur le sol sanglant, malades d'acier et d'impuissance. Le Pontiste survivant alla droit vers moi, en traversant la rue. Je me montrai et lui fis signe de venir vite. Il arriva, essoufflé :

— Nom de Dieu, ils nous ont eus, éructat-il.

— Qu'est-ce que c'est que ce feu d'artifice ?

— C'est l'État, mon pote.

Il saignait de la bouche, un peu.

— Tu connais le Niais ? lui ai-je demandé.

— Oui, bien sûr... C'est notre metteur en scène...

— Bon, tu vas le chercher, je fais le guet, c'est notre seule chance. Je suis un ami. Il faut qu'il s'en sorte...

— Pourquoi ?

— C'est mon frère, je l'ai enfin retrouvé.

Le mélo, les deux orphelines, les sanglots longs.

— J'en ai rien à foutre, sauve-moi, moi !

Je me suis dit que j'allais l'achever, ce con. Mais il mourut avant, poumons piscines de sang.

Des coups de feu résonnaient toujours à l'intérieur du théâtre. Puis, un long silence. Des miliciens sortirent en discutant, parlèrent dans un talkie-walkie. Deux camions bâchés arrivèrent peu après. Le gradé du commissariat descendit d'un de ces véhicules et s'engouffra à l'intérieur de l'Alcazar. L'inspecteur des travaux finis. Je n'avais plus aucune chance de me retrouver face au Niais et lui dire qu'il était laid, l'État ayant gagné la bataille. Carlo Ponti était passé au rayon des profits et pertes. Des flics sortirent, encadrant certains gommeux survivants. Dont le Niais.

Mon sang se mit à bouillir. Je le voyais enfin. Tout ce que je haïssais : l'idéologie, la frime, la soif du pouvoir, le sens, le manque de stratégie. Mais, sous peu, il serait fusillé par l'autorité. C'était insupportable. Mourir aux mains des mouches n'était pas exemplaire. Ce n'était pas une fin en soi.

Sans réfléchir, j'enfournai la Guzzi. Les vainqueurs ne s'occupant que de leurs prisonniers, personne ne me remarqua. Je descendis le trottoir et me mis dans le sens de la route. Je stoppai, mes deux bottes touchant bien le sol. Vingt-cinq mètres me séparaient du groupe où les gauchistes se faisaient sérieusement malmener. Devant, le Niais, imperturbable, prenait des claques sans broncher. Je sortis mon P.38, fis tourner mon torse à 90° et, bras tendus, je le visai. Je sifflai et criai :

— Ho ! Niais ! Bon voyage !

Et je tirai. Tout ça en cinq secondes. Il tomba, essayant de lever la main. Je démarrai en trombe et passai le coin de la rue, avant que les merdeux néo-gestapistes ne me flinguent. J'avais les larmes aux yeux, mais je me rassurai en pensant que le Niais devait hurler de rire.

Et je roulai longtemps, en pleurant de rage et de solitude, en criant ma merde vécue, en insultant ce monde ensoleillé que rien ne pourrait désormais changer. La Fontaine n'avait pas raison. Les poules chassaient le loup.

Je suis revenu dans la décharge de fer de Miramas. Sans savoir. Sans plan. Sans tactique. Sans idées. Je me suis assis sur le vieux Saviem qui avait abrité, il y a peu de temps, mes amours maladroites avec François. Nous étions angoissés et heureux. Les petits matins étaient énervants et glacés, mais libres de l'être. Je pensais alors que cette casse d'acier était une réduction du monde. Je m'étais trompé. Le monde est, à présent, un garage. Des mécanos attitrés remettent tout en marche. Tout. La bêtise, l'avidité, le travail, la violence des forts, l'esthétique, Dieu, Marx ou Baudrillard. Conneries que tout ça. Conneries qui nous remettront au bord du gouffre. Pour regarder les imbéciles qui y seront déjà au fond. J'ai vécu une cassure et je suis content d'en avoir profité à mort. Sans jeu de mots. Maintenant, la moitié de la Phrance pourrit, desséchée, contaminée, écrasée, et l'autre moitié se prépare lentement à repourrir de l'âme.

Le soir tombe. Il fait rose et tiède. Je fume

une cigarette, mes bras passés autour de mes jambes. Je regarde le lointain pour ne rien voir. Il pourrait s'élever une musique comme le début de la Septième de Mahler. Cela serait superbe. Devant moi, il n'y a plus rien. Je ne vais pas me remettre à l'usage. Les groupes, c'est fini. Ils vont se faire ratatiner un à un, et ne réussiront même pas à se liguer pour faire front une dernière fois. Ils sont interdits à la vie et permis pour la mort. Je ne vais pas assister à cette lente décadence, à ce déchet exaspérant. Je ne vais pas revenir à Paris, pour être complice de la reprise. Je ne veux plus avoir à me trouver une couverture, un travail ou une occupation. Je ne veux plus quémander, je ne veux plus attendre des remerciements de fin de mois, de fin de carrière, de fin de vie. Être con trois cent soixante jours par an et être remercié de l'avoir été. Je ne vais pas me mettre à rechercher des amis, en me foutant intérieurement de leurs poires, je ne vais pas charmer une compagne pour sentir sa peau et embrasser son corps, pour lui confier des peines que je n'aurai plus et des espoirs que je ne peux plus avoir.

Je ne suis plus capable ni d'amour, ni de haine, ni de compassion, ni de regret.

Je suis plat
froid
viscéral
non disponible.

Je suis moi, moi et encore moi, Julius Spinoza. J'ai une histoire qu'il ne s'agit pas de
gommer. Le pouvoir, je vais l'exercer sur moi-
même et seulement sur moi-même. La plus
haute stratégie est de ne faire confiance à personne et ne compter que sur un être : soi-
même, c'est-à-dire moi, avec mes bottes de
lézard mauve, mes deux revolvers, ma tête
emplie de vent glacial, mon visage acéré qui
a vu la belle mort, mes tripes qui se nouent,
mon sexe qui ne sait plus. À schizo, schizo et
demi.

Je vais rôder. Seul dans les campagnes de
France dont le vert légendaire vire au brun
maladif. Seul dans les collines érodées par la
médiocrité de mes semblables. Seul dans les
banlieues puantes et désertes où les usines
saccagées attendent impatiemment leurs esclaves forcenés. Seul face à la boulimie re-
commencée. Seul face au monde nouveau.

Je me suis allongé sur la carcasse rouillée.
J'eus un peu froid, mais tout ce côté clinique
des choses me plut. En tant que moribond je
ne pouvais pas plus en demander. Je sentis

mes cheveux frôler la tôle. Je sentis le froid de l'acier me glacer les fesses. C'étaient ces petites sensations qui me faisaient sentir que je vivais encore.

Et puis j'en eus assez de tout ce pessimisme, là, dans le soir froid. Je me dis qu'il était impossible à Julius Puech de se laisser aller, surtout après l'histoire récente qu'il avait vécue. Je n'étais rien mais je ne pouvais pas devenir encore plus rien. Il fallait me ressaisir, rester ou devenir un mythe, une entité, une fin, un drame vivant. Crever peut-être, mais crever en beauté, fallacieux prétexte.

Je suis reparti sur ma Guzzi, saint Michel dérisoire chevauchant son dragon misérable et essoufflé. J'ai pris une route droite où j'ai pu faire de la grande vitesse et me saouler de vent. J'ai pu m'époumoner en hommage à Momo qui devait, à présent, se taper des tonnes de caviar au Paradis en regardant, goguenard, notre monde d'asticots grouiller à n'en plus finir. En pleine course, j'ai hurlé diverses imprécations qu'il ne serait pas séant de répéter, dont il n'est pas utile de se souvenir. Dès que je croisais quelqu'un travaillant, je l'agonisais d'injures, crève travailleur, vive le luxe, à bas les pauvres. J'ai doublé une voiture banalisée de la milice, et j'ai tiré dans le tas, en apercevant des visages tendus par la surprise, et la peur de la mort violente.

Non.

Je mens.

Tout cela n'était pas vrai.

Seul, je n'étais pas grand-chose.

Je suis parti vers le Nord. La descente dans le Sud a toujours connoté le voyage vers le plaisir et l'éclatement ; la remontée vers le Nord, elle, a toujours signifié l'ascèse et la recherche de la solitude mystique. Quand j'ai passé le 45ᵉ parallèle, du côté de Valence, j'ai effectivement changé de monde. La pluie m'a accueilli, un rideau de crachats fins et tenaces. Dieu pissait sur les hommes. J'ai repris l'autoroute, exorcisant, à l'envers, mon voyage initiatique, attiré par le chancre parisien. On ne quitte pas comme cela les milliers de rues et de maisons, les usines et les magasins de luxe, les cinoches et le métro. Même s'ils n'existent plus de la même façon qu'avant. Même s'ils n'existent plus du tout.

Dans le Morvan, un froid automnal me saisit les os. La Guzzi avançait ferme, mais l'essence n'allait pas tarder à manquer. Je me suis arrêté sur un parking, à proximité d'une station-service saccagée. Plus d'essence à vendre, mais beaucoup de dégâts. J'ai regardé à l'entour. Pas de monde. Une seule voiture, presque neuve, garée un peu plus loin. Personne. J'ai enlevé le cran de sûreté de mon revolver. L'imminence de l'action directe me redonna la démarche dangereuse et la technique d'approche des loups. La voiture était vide, mais le tableau de bord allumé. Les clefs y étaient accrochées. Surprenant. Elles semblaient m'attendre. Toujours personne. J'ai hésité. Allais-je abandonner ma chère Guzzi pour cette caisse qui allait m'abriter des intempéries, du froid et des insectes fous ? Allais-je laisser mon engin mythique, si mobile, tant chargé de bruit et de fureur ? Non, cela m'était impossible, cela m'était insupportable. Je me suis retourné en cherchant des yeux un bout de tuyau qui me permettrait de vidanger l'essence nécessaire.

Un coup de feu claqua et je me pris une balle dans le haut de la jambe. Plus que par la douleur, je fus surpris par le choc : ce fut comme si je prenais une énorme coup de marteau dans le bas-ventre. Je me sentis hurler de toutes mes forces, de toute ma peur, et je me vis tirer, au hasard, dans les fourrés bordant le parking, des projectiles rageurs. Le monde devint blanc au moment où j'ai essayé de me mettre à marcher, et une forte odeur d'éther envahit ma tête. Je m'écroulai à genoux, une immense douleur me résonnant le long de la colonne vertébrale. Du sang avait coulé de ma blessure, un liquide rouge carpaccien, ce qui me surprit beaucoup, moi qui avais toujours pensé en avoir un noir, épais et cassant. Je criai comme un gosse que l'on égorge, et je me couchai sur le flanc. Le macadam dégueulasse accueillit Spinoza. Je vis que du sang avait taché le dessus de mes bottes, mais cela ne me sembla pas grave, c'était le liquide glorieux de mon être magnifique. L'arrivée de la mort me rendait grandiloquent.

Le monde disparut de devant mes yeux et ma conscience s'en alla discrètement. Je pensai, avant de sombrer, que je n'avais même pas vu mon tireur. Quelle terne chierie ! Et je vidai rageusement mon chargeur vers le ciel.

Je revins à moi, apparemment peu après, car, même sans ouvrir les yeux, je sentis que je n'avais plus mon Smith & Wesson. Je sentis la présence diésélisée de la voiture près de moi. Je me rendis compte que ma position était restée la même, le corps allongé, cette affreuse bête qui me bouffait le haut de la jambe, ma tête trempant à moitié dans une flaque d'eau. Le bruit d'une voiture qui passait, au loin, sur l'autoroute. Un film sans images. Je n'ouvris pas les yeux, méfiant. Je supputai quelque anormalité. Des godasses crissèrent près de mes oreilles. On me décocha un violent coup de pied dans l'épaule. Je hurlai et ouvris les yeux. Je mis quelques secondes pour accoutumer mes cellules photoélectriques au grand miroitement du ciel gris.

— Il est beau, quand même, dit une voix.

Une voix de femme.

— Allez-y, violez-moi, dis-je en ricanant.

L'approche de la fin ne me rendait pas peureux, bien au contraire, sentant que tout était joué, je gardais cette distance hautaine qui étonnait toujours mes acolytes. L'inéluctabilité de la mort prochaine avait quelque chose de savoureux. Ma foi, j'en étais maître, il fallait en profiter.

— Beau et con, reprit la même voix.

Je vis alors trois femmes, autour de moi. L'une portait un fusil de guerre ultra-moderne. C'était elle qui m'avait tiré. Avec une telle arme, ou bien elle visait mal, ou bien elle visait bien. Je commençai à espérer. La flingueuse était petite, menue, blonde, l'air vif et paranoïaque, le regard sans cesse en mouvement, la lippe acide. Les deux autres avaient un vague air de ressemblance. Brunes, petites rondes, goguenardes mais réfléchies. Des clowns sans maquillage, des écuyères tombées à terre. L'une d'entre elles parla :

— Qu'est-ce qu'on en fait ?

Les deux autres me regardèrent sans rien dire. La brune frisée qui portait un manteau de cuir s'approcha de moi, sortit de sa ceinture un couteau acéré, me le mit sous la gorge et inspecta ma blessure. Je ne bougeai pas. J'étais au spectacle. J'étais sur la scène. Je jouais ma survie. La fille fut relativement tendre en écartant ma gabardine, mais me vrilla de douleur quand elle regarda le dessous de mes fesses. Elle retira sa main couverte de sang. De mon sang. Le sang de Spinoza sur la main d'une femme.

— La balle a traversé, la fémorale n'est pas touchée, dit-elle pensivement. C'est soignable...

— Qu'as-tu derrière la tête, Mino ? demanda la blonde armée.

La dénommée Mino ne répondit pas et se releva après avoir essuyé sa main à mon manteau. Elle me regarda encore, pensivement, et dit :

— Toi. Dis-nous vite qui tu es... J'ai le vague pressentiment que tu es quelque chose de gratiné...

Je réfléchis à toute vitesse. Si je disais mon

vrai nom et si j'avais affaire à un gang féministe, mon compte était bon. Mais elles pouvaient être également sensibles à ma petite célébrité et pouvaient me garder en vie, pour me faire payer. Quitte ou double ? Double...

— Je suis Julius Puech, ancien membre et seul survivant de la Fraction Armée Spinoziste.

— C'est bien ça... Hé ! C'est Spinoza !

L'autre brune s'avança et me décocha un méchant coup de poing sur l'œil gauche.

— Ça, c'est pour Jaja K. À toi, Puce !

La blonde arriva, me cracha dessus et me balança un coup de savate juste sur ma blessure. Je m'évanouis.

En me réveillant, j'étais toujours dans la même position. J'avais en plus un énorme mal au crâne, mais une immense joie au cœur. J'avais enfin un but à atteindre. Me venger. Mes jours suivants, s'il y en avait, ne seraient pas sans finalité. Mes maigres forces avaient un exutoire : rendre les coups et les blessures. Femmes ou pas, Spinoza ne penserait plus qu'à ça.

Elles étaient toujours là, pas très loin, discutant. Je m'aperçus que ma blessure était pansée. Ça sentait très fort les sulfamides et l'alcool. Les tueuses laborieuses voulaient me garder en vie. J'étais tombé sur des infirmiè-res en manque. Ce n'était pas le moindre pa-radoxe que je rencontrais. La vie redevenait belle. La pluie tombant du ciel grisâtre du Morvan ne m'apparut plus comme une malé-diction supplémentaire.

Elles me grimpèrent dans la voiture. Cela me fit un mal de chien. À moitié allongé sur le siège arrière, je me suis dit : nous allons faire un beau voyage, larida, larida. Mais Puce et Mino montèrent devant, et Globu, en rigolant s'assit sur moi :

Excuse-moi, mon bonhomme, pour moi, tu n'es pas plus qu'un coussin...

Et c'est la tête à moitié écrasée par les fesses d'une femme que je fis le voyage. Drôle d'époque. Les jeunes filles, que je n'avais pas vues depuis si longtemps, s'as-seyaient à présent sur moi. Iconoclastie insup-portable. Mes retrouvailles avec le genre hu-main et le corps féminin n'étaient pas tout à fait celles que j'avais escomptées.

Elles me débarquèrent dans une ferme fortifiée à l'ancienne. Cinq ou six autres femmes s'y trouvaient et se groupèrent autour de la voiture. Mino leur dit, par la vitre baissée :

— On a été au marché. On ramène de la volaille...

Elles me tirèrent dehors par les pieds. Sacrée douleur.

— C'est Spinoza !

— Saloperie, ajouta une des filles.

Je décidai d'ajouter mon grain de sel à cette dépense invraisemblable de sens :

— Mesdames, enchanté serait un bien grand mot, mais être ici ou en enfer ne fait, pour moi, pas grande différence...

Ce petit discours acheva de les énerver. Elles m'auraient volontiers vivisectionné. Mais Globu, qui devait avoir en ces lieux une position dominante, les calma et expliqua :

— Arrêtez ! On aurait pu le tuer depuis longtemps... Le hasard nous l'envoie. Il est seul. On le soigne. Il se rétablit et devient notre esclave, pour tout. On en fait ce qu'on veut. Il va déguster. Il va regretter de n'être pas mort !

Quelques rires nerveux.

— T'as entendu, Spinoza !

— Oui Bwana ! ai-je répondu.

Je me pris une claque féroce. J'en avais marre. Ce n'était pas la féminité qui les étouffait, ces mémés. Le grand merdier avait produit des mutations imprévisibles.

Ce fut Mino, mon infirmière attitrée. Elle y mit tellement du sien que je fus rétabli en deux temps trois mouvements. Bien nourri. Bien soigné. Mal aimé. Aucun mot, aucune tentative de discussion. Très vite, je ne dis plus rien.

Enfermé et sous bonne garde, je repris des forces, et redevins, en moi-même, disponible et dangereux. Je me permis de rigoler, mais seulement des yeux. Quand mon infirmière ou bien l'une de ses sœurs me pansait et inspectait ma blessure que j'avais en haut de la cuisse, elle regardait obligatoirement mon sexe, et le touchait évasivement en me remettant les pansements. Un jour, je fus ému pendant leur visite. Inexplicablement. Leur présence n'était pas érotique. Contre mon gré. Mais ce fut irrépressible. Je me pris un seau d'eau glacée et plusieurs coups de fouet.

Maintenant je ne rigole plus.

Je travaille.

Je fais tout. Je coupe du bois. Je fais la cuisine. Je nettoie. Je lave. Je couds. Toujours sous le regard acide de Mme Puce qui aimerait bien avoir l'occasion de m'allumer avec son M. 16, et pulvériser un morceau de ma précieuse carcasse.

Je n'ai aucune initiative.

Je n'ai pas le droit à la parole.

Je vis à moitié nu, je mange par terre, je

vais déféquer dehors. La nuit, je suis enchaîné comme un chien. Pour les emmerder, un jour, j'ai aboyé. Elles m'ont laissé sur le carreau à coups de pelle.

J'ai compris.

Je ferme ma gueule.

Mais.

Il y a un mais. Je vis, je vois, je sens, je réfléchis. J'entrevois des failles, des faiblesses, des inattentions, à partir desquelles je peux intercaler quelques débauches de mouvements stratégiques, d'investissements tactiques.

J'ai de l'espoir.

Spinoza vit et pense.

Et, aujourd'hui, près de la rivière limpide où je lave le linge de ces dames, je suis heureux. Malgré la présence de Globu qui me surveille, le Smith & Wesson à la main, je sens sur ma peau le soleil du printemps revenu. Il fait bon, l'eau est fraîche, mes muscles répondent bien, ma tête fonctionne à plein.

Si je mets sur mon visage le masque de la soumission la plus abrutie, ce n'est plus un rôle de composition, mais un moyen de cacher le tréfonds de mon être. Mais mes buts ont changé. Quelle sera ma vengeance ? Je ne vais pas, quand je l'aurai décidé, tirer dans ce tas de jeunes filles qui m'en fait baver depuis des mois. De les voir ensanglantées et trépidantes de mort, sur le carreau de la grande cuisine ou le parquet de leurs chambres bordéliques ne m'est pas agréable. Cela serait une piètre victoire, inutile, hégélienne, matérialiste. Non, j'ai d'autres images dans la tête. Une vengeance sur elles et sur moi-même, sur le temps et le monde, sur le grand merdier et la nouvelle France. Une vengeance longue mais sûre, humaine et spiritualiste, tacticienne, spinoziste. J'y mettrai le temps, mais mon corps d'homme, ma beauté intrinsèque parviendront bien à en charmer une. Et je commencerai à parler. À lui parler. Elle me répondra. Et, sans agir contre les autres, nous rapprocherons nos corps. On réapprendra à s'aimer et à se toucher. On s'aimera.

Puis nous partirons ensemble. Et on foutra le feu au pays, les amants diaboliques, Spinoza et Louise Labbé. Ce sera comme dans un grand film d'aventures et d'action. La néo-France nous regardera vivre, de ses yeux glauques et jaunes, la vie qu'elle aimerait secrètement vivre. De rage, de peur, elle voudra nous abattre, mais nous serons indestructibles.

J'aurai récupéré mon Smith & Wesson à

crosse d'argent à Globu. Mes bottes de lézard mauve à Mino. Ma Guzzi à Puce. Ça fait mal.

Il fait beau.

Je suis bien.

Spinoza s'agite dans mes veines.

L'Éthique reprend ses droits.

Bientôt
Dans la même collection

SPINOZA ENCULE HEGEL ·
LE RETOUR

DU MÊME AUTEUR

LA PETITE ÉCUYÈRE A CAFTÉ (Baleine, « Le Poulpe »).

CENDRES CHAUDES (Le Ricochet).

CHASSE À L'HOMME avec Patrick Raynal (Mille et une Nuits).

DÉMONS ET VERMEILS (Baleine, « Série grise »).

1280 ÂMES (Baleine).

94 (Éditions Grenadine 2000).

COMME JEU, DES SENTIERS (Liber Niger).

Cet ouvrage a été réalisé
par la Société Nouvelle Firmin-Didot
à Mesnil-sur-l'Estrée, le 4 février 2002.
Dépôt légal : février 2002.
1er dépôt légal dans la collection : septembre 1999.
Numéro d'imprimeur : 58296.
ISBN 2-07-040962-7/Imprimé en France.

11628